W0329918

COLLECTION FOLIO

Sébastien Japrisot

Les mal partis

Denoël

AVERTISSEMENT DE L'ÉDITEUR

Sébastien Japrisot a fait paraître *Les mal partis* en 1950 aux Éditions Robert Laffont sous son véritable nom, Jean-Baptiste Rossi. Il avait alors dix-sept ans. En 1987, les Éditions Robert Laffont et les Éditions Denoël rééditèrent ce roman dans un recueil intitulé *Écrit par Jean-Baptiste Rossi*, comprenant l'ensemble des textes de jeunesse de Sébastien Japrisot.

L'ensemble de l'œuvre de Sébastien Japrisot est aujourd'hui disponible aux Éditions Denoël et en Folio.

© *Robert Laffont, 1950.*
© *Éditions Denoël, 2000.*

À dix-huit ans, Sébastien Japrisot publie sous son vrai nom (Jean-Baptiste Rossi) son premier roman, *Les mal partis*. Après une période où il écrit directement pour le cinéma (*Le passager de la pluie*), il revient à la littérature avec *L'été meurtrier* (prix des Deux-Magots 1978). Il a écrit depuis plus de dix romans qui ont tous connu le succès dont *Un long dimanche de fiançailles*, prix Interallié.

À Germaine Huart,
À Pierre Sempe,
À moi-même.

Si tu le peux, crois en ton Dieu.
Mais surtout, crois en ta vie.
Si ta vie oublie ton Dieu, garde ta vie.
Si ton Dieu empêche ta vie, rejette ton Dieu.
Ta vie est l'unique,
Et, qui que tu sois, ton Dieu n'est pas le mien.

I

C'était l'année où Denis entrait en quatrième.

Durant les vacances, on avait repeint les bâtiments et arrangé les cours. Les volets des fenêtres étaient brillants et verts. Les vitres étaient propres. Il y avait de nouveaux fauteuils dans le parloir et des cartes de visite sur les portes, aux étages où habitaient les surveillants. Leurs noms y étaient inscrits. Mais toutes ces nouveautés, les élèves ne les remarquaient pas. Il y avait des bancs et des bureaux neufs qui sentaient bon le propre. Mais les élèves ne les remarquaient pas non plus. Tout ce qui les intéressait en rentrant de vacances, c'était les nouveaux surveillants.

Cette année-là, il y en eut un dans chaque division. Visage grave et dos voûté, ils regardaient les élèves lorsque les élèves étaient près d'eux. On leur avait donné une grande feuille avec les noms des élèves indiqués par rang et par place dans la salle d'étude. Même, on avait coché d'une croix rouge les noms de ceux qui n'étaient pas les bons élèves, ceux qu'on appelait les fortes têtes.

Avant la première étude, Denis alla voir la feuille sur la chaire. Il monta seul. Les autres étaient en récréation. Il ne rencontra personne dans le hall d'entrée ni dans les escaliers. Comme il s'y attendait, il vit une croix rouge près de son nom, sur la feuille. Il y en avait une aussi près du nom de Pierrot. Il haussa les épaules et descendit dans la cour.

Pierrot jouait avec les autres.

— Tu y es, dit Denis en courant vers lui.

— Je le savais, dit Pierrot. J'y suis toutes les années. Tu y es aussi ?

— Bien sûr, dit Denis. Ce serait malheureux.

Ils regardèrent le surveillant. Il marchait à pas lents dans la cour, et du bout du pied il frappait des pierres. Il était jeune, très petit, avec un visage rose et joufflu. Il ne levait pas les yeux et se promenait d'un air ennuyé.

— Comment il s'appelle ? demanda Pierrot.

— J'en sais rien, dit Denis. Mais si on ne sait pas son nom, on lui en donnera un.

— Il n'a pas l'air vache.

— Ils n'ont jamais l'air vache et ils le sont.

— On verra bien, dit Pierrot.

Et il se remit à courir après le ballon avec les autres. Denis resta au milieu de la cour, à attendre le signal de la fin de récréation. Le surveillant marchait toujours en poussant des pierres. Au bas de sa soutane, on voyait ses chaussettes, noires et raccommodées. Lorsqu'il passa près de Denis, il leva la tête et sourit. Il s'arrêta puis regarda le ciel. Denis aussi regarda le ciel. Il savait ça depuis longtemps. Lorsqu'ils lèvent la tête, il faut lever la tête. Lorsqu'ils la baissent, il faut la baisser. Il faut faire ce qu'ils font. Alors, ils ne se sentent pas bien. Ils ne sont pas à l'aise. Ils ne se sentent à l'aise qu'avec ceux qui ne font pas comme eux. Comme Prieffin, par exemple. Sitôt qu'ils lèvent la tête, Prieffin baisse la sienne, les yeux à terre, d'un air déférent. Prieffin est une sainte nitouche, pensait Denis. Sûr qu'il n'y a pas de croix près de son nom.

— Vous êtes Leterrand ? demanda le surveillant d'une voix douce.

— Oui, dit Denis, c'est moi.

Le surveillant hocha la tête et s'en alla.

— Et après ? dit Denis tout bas.

Les premiers jours, c'est toujours comme ça.

Dans la cour, le surveillant se promène et parfois il s'arrête près d'un garçon pour lui demander son nom. Alors, le garçon essuie ses mains à ses culottes et il répond en souriant. Après, il va dire aux autres que le surveillant n'a pas l'air vache et que ce sera bien cette année.

En étude, les élèves restent tranquilles et ne parlent pas entre eux. Si l'un d'eux réclame quelque chose à un voisin, tout bas, en se mettant la main devant la bouche, les autres font des « chut ! oh ! ça va... » en haussant le ton comme s'ils étaient vraiment dérangés dans leur travail. Après, ils regardent le surveillant pour voir si le surveillant a vu qu'ils étaient dérangés.

En descendant en classe, dans les escaliers, les garçons se tiennent en rang et ne font pas de bruit avec leurs pieds. Lorsqu'ils arrivent dans le hall, ils font un large signe de croix en passant devant la Vierge. Et ils baissent pieusement le regard.

Tout est calme dans les classes. C'est la rentrée et on a des livres neufs. Les élèves attendent qu'on les appelle à l'économat. Quand on dit leur nom, ils se lèvent et descendent chercher leurs livres. L'économe demande s'ils les veulent d'occasion. Alors les élèves regardent les autres d'un air supérieur et disent qu'ils les veulent neufs. Lorsqu'un élève en demande d'occasion, les autres lui sourient d'un sourire faussement compréhensif et, si c'est un nouveau, ils font semblant de ne pas voir son fond de culotte rapiécé. Après quoi, leur butin dans les bras ils pensent qu'ils vont bien étonner leurs pères en annonçant qu'ils ont plus de vingt livres cette année. Ils remontent en classe et regardent les pages où il y a des photos. Mais ils ne les regardent pas toutes, pour en garder à découvrir durant l'année, lorsqu'on n'a pas envie de traduire sa version et qu'on ne sait que faire en étude.

Les professeurs font l'appel plusieurs fois par jour et tout le monde se bat pour avoir les places les plus près de la chaire. La meilleure place, c'est celle qui est à côté de la porte. Celui qui s'y trouve fait chaque jour la feuille des absents. Il peut se lever, faire signer la feuille au professeur, sortir, la placer près de la porte et revenir en souriant aux autres. Celui-là est un élève important, quoi qu'il arrive : il fait la feuille, il est presque le chef de classe.

On ne travaille pas encore. Dès le troisième jour

commence la retraite. Elle dure quatre jours et ce n'est pas fatigant. Il y a des récréations de deux heures après la messe et les prières. Les sermons sont intéressants, on y apprend souvent de drôles d'histoires. Le plus ennuyeux c'est le salut, lorsque la nuit est tombée sur le collège. On en a assez de la chapelle et les genoux font mal à force de s'appuyer dessus. Alors, on fait semblant d'écouter et de se tenir à genoux, mais on pense à la fois où ce gars s'est cassé la jambe en faisant du ski sur l'herbe et on s'assoit sur le bord de son banc pour se reposer. Lorsqu'il faut chanter, on ouvre la bouche et on ne chante pas. Si le surveillant passe, on crie plus fort que les autres en arrondissant la voix pour être dans la chorale.

C'est qu'en effet, on choisit les garçons qui feront partie de la chorale. Dans la cour, le préfet vient appeler des bandes d'élèves et il les emmène au petit réfectoire. Après, un à un, il leur fait chanter les gammes pour connaître les bonnes voix. Souvent, il y a des garçons qui ne veulent pas être de la chorale. Ils chantent faux en le faisant exprès. Mais le préfet connaît les bonnes voix. Il les prend quand même.

Ce n'est pas une si mauvaise chose d'être dans la chorale du collège. On répète les cantiques trois jours par semaine. Et ces jours-là, on ne rentre en étude qu'après cinq heures, alors que les autres sont déjà depuis longtemps en train de travailler. Les autres vous regardent avec envie et on prend une démarche spéciale pour aller à son banc.

À part ça, on raconte aux autres qu'on est le « chouchou » du surveillant. Chacun croit être le « chouchou » et pense que les autres ne le sont pas.

Les premiers jours, c'est toujours comme ça.

Il y avait des feuilles mortes qui recouvraient le bord des cours. Il y avait un ciel grisâtre et de gros nuages dans le ciel. Les nuages étaient bas au-dessus des bâtiments, et par les fenêtres de l'étude on pouvait les voir. C'est toujours un réconfort de penser qu'on sera toute l'année près d'une fenêtre. Les soirées d'hiver sont longues, en étude. Alors, on lève la tête et on regarde le haut des branches dans les cours. Quelques minutes, on se promène dans le ciel, en pensant à on ne sait quoi. Cela fait du bien. Puis on revient sur son banc et on continue de feuilleter son dictionnaire grec d'un air fatigué.

Ceux qui ne sont pas près des fenêtres cherchent d'autres moyens de couper leur étude. Certains, vers six heures, sortent silencieusement des morceaux de sucre de dessous leur bureau. Ils grignotent en faisant semblant de chercher un mot difficile. Le sucre est doux dans la bouche et on le laisse fondre lentement. Après, on soupire un bon coup et on reprend le travail.

Tous les élèves n'ont pas de morceaux de sucre, ou une fenêtre près d'eux pour se perdre dans le ciel. Mais tous trouvent le moyen de se perdre quelque part. Il y en a qui regardent les photos de leur portefeuille. Il y en a qui lisent les histoires de leurs thèmes, dans le livre de latin. Il y en a qui dessinent des têtes sur un morceau de papier. D'autres enfin se lèvent et vont vers la chaire du surveillant d'un air nonchalant. Ils demandent à y aller, ou bien à emprunter un livre qui leur manque. Si le surveillant est de bonne humeur, ils peuvent sortir quelques instants ou se promener entre les tables.

— Ça va? disent les autres. Qu'est-ce que tu veux ?

— Rien, mais passe-moi un crayon pour que j'aie l'air de te demander quelque chose. Pas trop vite, qu'on puisse bavarder.

Et ils parlent front contre front, à petits mots, avec des rires étouffés. Il en faut peu pour être heureux à ces moments-là. À la fin, le surveillant fait « nts... nts... » en levant la tête et les élèves retournent à leur place, pendant que d'autres recommencent.

Denis fut content. Cette année-là, il était bien placé. Il y avait Pierrot derrière lui. Pierrot pouvait se pencher sur son bureau et lui parler. Lorsque le surveillant lisait ou regardait ailleurs, Denis répondait. À côté de Pierrot, il y avait Tréville. Tréville était un chic type. Il riait toujours et tout le monde pensait que c'était un chic type. À part eux, Ramon n'était pas loin, juste deux bancs devant Denis, sur la rangée de droite. Jacky était près de la fenêtre, à gauche. Sûrement que Denis était bien placé cette année-là.

Après l'étude, le soir, c'était une grosse effervescence devant la cour d'entrée du collège. Il y avait des filles qui venaient attendre ceux de première division. Des filles avec des talons hauts et du rouge aux lèvres. Les élèves plaisantaient les grands qui prenaient les filles par le bras. Les grands partaient avec un sourire fier, en arrangeant le nœud de leur cravate. Tout le monde pouvait enfin crier à pleins poumons et, sur la porte illuminée, les surveillants parlaient entre eux avec une exubérance qu'on ne leur connaissait pas durant le jour.

Pierrot accompagnait Denis jusqu'à l'arrêt du tramway.

Ils bavardaient longtemps et ne se quittaient que lorsque Denis était vraiment en retard. Denis montait dans la voiture motrice et disait bonsoir à Pierrot. Il regardait par la vitre Pierrot qui s'en allait, sa serviette sous le bras, la tête penchée et les cheveux tout bouclés. Ensuite, le tramway le ramenait au centre de la ville et Denis rentrait chez lui en courant sur un long boulevard, dans les feuilles mortes, bruissantes, des platanes.

II

Denis avait lu que c'est aux environs de treize ans que les choses commencent vraiment à changer. Il en avait presque quatorze. Pourtant il n'y avait rien de changé. C'était comme les autres années. Les choses n'auraient pas dû être les mêmes, mais Denis les voyait comme il les avait toujours vues. Il était toujours le plus remuant des élèves de troisième division et chaque mercredi soir, le préfet déposait une feuille sur son bureau, à l'étude. Une feuille qui disait que le préfet « avait le regret d'informer M. Un tel que son fils Un tel... » Et chaque jeudi, Denis faisait ses deux heures de retenue. Il n'y avait rien de changé.

En sixième, « autrefois », comme on aime à dire, Denis avait été un bon élève en classe. Toujours dans les tout premiers aux compositions, avec de bonnes notes à ses versions latines et à ses devoirs de français. L'année suivante, ç'avait été la même chose, ou à peu près. Cette année-là, Denis ne travaillait strictement pas. Il ne savait pas travailler. Le préfet disait souvent que si Denis se donnait un peu de peine, il serait un des meilleurs élèves, sinon le meilleur. Mais c'était impossible. La peine et Denis, ça n'avait jamais pu aller ensemble. Pourtant, sans qu'on comprît bien pourquoi, sans qu'il le comprît bien lui-même, il était toujours dans les tout premiers aux compositions. Il n'y avait rien de changé.

Le préfet était un gros homme, petit et lourd. Il avait un énorme visage tout rouge et sévère. Lorsqu'on parlait de lui, on ne disait pas le préfet, ou le père préfet. Le père préfet, c'était pour les parents. Les élèves l'appelaient Gargantua. Le préfet était au collège depuis plus de quinze ans, avant même la naissance de Denis. Depuis plus de quinze ans, il était Gargantua. Lorsqu'un ancien élève venait revoir le collège, il disait :

— Alors, Gargantua est toujours vache ?

Il l'était toujours. Rien n'était changé.

Denis avait le collège. Hors du collège, il avait ses parents. Mais le principal de sa vie avait toujours été le collège. Cette année-là, Denis pensait que peut-être il verrait les choses autrement. Il se confessa les premiers jours de ses gros péchés de vacances. Le collège reprit le principal de sa vie. À huit heures le matin, il y était. À sept heures le soir, il partait. Après, il rentrait et dormait. Le jeudi, il était en retenue au collège. Le dimanche, il venait à la chorale du collège. C'était tout. Il n'y avait rien de changé.

En revenant de vacances, il attendit. Le soir, dans son lit, Denis rêvait les yeux ouverts. On pense à des tas de choses dans un lit. Denis pensait quelquefois aux filles. Quand ces idées lui venaient, Denis faisait un signe de croix et murmurait, comme le père spirituel le lui avait dit, trois *ave* à la suite. Après, il essayait de penser à autre chose.

Dans son lit, Denis songeait à son baccalauréat. Il répétait tout bas : « bac... bac... » Cela lui donnait un petit choc. En sixième, cela semblait énorme, terrible et loin. En cinquième aussi. En quatrième, cette annéelà, c'était toujours énorme, terrible et loin. Il n'y avait rien de changé.

L'important, c'était Dieu. Denis pensait que c'était l'important. Hors de Dieu, rien n'est rien. Denis s'acquittait de ses prières, écartait la pensée mauvaise des filles et des choses que doivent faire les filles avec les garçons, communiait trois fois par semaine, les jours de messe au collège, et se confessait tous les huit jours. Dieu l'aimait, il aimait Dieu. Il n'y avait rien de changé.

La mère de Denis était grande et forte, avec des cheveux tirés derrière la nuque. Elle parlait peu et agissait avec vivacité. Elle n'arrêtait pas de frotter son parquet, de cirer ses meubles et, pour que tout restât propre, on se confinait dans la cuisine.

Le père de Denis était froid, grand aussi, et calme. Il n'avait d'idées sur rien et comptait des chiffres. Lorsqu'il ne comptait pas des chiffres, il continuait de penser à des chiffres. Il n'avait jamais été un homme à idées, jamais un homme à femmes. C'était un homme à chiffres.

Ils étaient bons tous les deux pour Denis. C'était leur seul enfant. Ils signaient ses feuilles de retenue sans rien dire. Si Denis essayait de demander autre chose que du chocolat, une couverture, ou une paire de souliers neufs, ils se perdaient chacun dans leurs rêves. Madame rêvait de sa salle à manger toujours propre et silencieuse, Monsieur rêvait de ses chiffres.

Plusieurs fois Denis avait voulu parler à sa mère de choses qu'il ne comprenait pas. Sa mère l'avait regardé avec étonnement :

— Ce n'est pas de ton âge, Denis. Ne t'occupe pas de ça. Tu comprendras toujours assez tôt.

Et elle était retournée à ses rêves d'encaustique.

Plusieurs fois Denis avait demandé à son père les livres dont il entendait parler. Son père l'avait regardé en enlevant ses lunettes :

— Qu'est-ce qui te prend, Denis ? Ce n'est pas de ton âge. On ne te demande que de faire ton travail. Pour cela, inutile de lire des sottises.

Et la phrase rituelle :

— D'ailleurs, souviens-toi du sermon du recteur.

Ensuite, il était retourné à son journal et à ses chiffres.

Les parents de Denis étaient vraiment très bons. Mais c'était ainsi et le serait toujours : sa mère n'ôtait son tablier que pour la messe du dimanche, et son père était inspecteur aux Indirectes. Il n'y avait rien de changé.

Pourtant il y avait Pierrot. Pierrot, c'était le meilleur, le plus magnifique des amis. Il était bien bâti, avec un visage grave ou rieur tour à tour, et de grandes boucles dans les cheveux. Il marchait les jambes un peu écartées et il aimait beaucoup le football. Pierrot était fils unique aussi. Ses parents avaient une villa, près de la mer, au-dessus de la plage. Pierrot était attentif en classe et il aimait bien Denis. Lorsqu'on donnait du travail à faire, c'est Pierrot qui le notait sur le cahier de textes de Denis. Lorsque Denis avait oublié son déjeuner dans le tramway, c'est Pierrot qui partageait son déjeuner et qui, le lendemain, ramenait au collège le sac perdu.

Denis et Pierrot parlaient des sports. Pierrot aimait beaucoup les sports et il montrait à Denis les journaux du lundi, ceux où se trouvent les résultats sportifs. Denis finissait par s'intéresser aux sports. Lorsque l'équipe de la ville avait gagné un match du championnat de football, Pierrot était content. Il racontait le match à Denis et Denis aimait l'écouter.

Lorsque Denis se battait dans la cour, c'est Pierrot qui tenait les livres de Denis. Lorsque Denis avait plusieurs adversaires contre lui, c'est Pierrot qui accourait pour lui prêter main-forte. Denis aimait se battre. Il ne recherchait pas les occasions, mais sitôt qu'il le pouvait, il se battait. Denis était mince et grand pour son âge. Il avait toujours su donner des coups de poing. Aussi, les élèves ne se battaient pas souvent avec lui. Ils obéissaient à Denis et Denis souriait d'un air supérieur. Au début de l'année, il y avait toujours des nouveaux qui ne le connaissaient pas et qui s'énervaient. Alors Denis se battait et cela lui plaisait car il se savait le plus fort. Le combat terminé, il s'arrangeait toujours avec l'adversaire endolori. Là encore, c'était Pierrot qui sortait du chocolat de sa poche pour que Denis soit copain avec l'élève qu'il venait de battre.

Denis s'était promis que cette année-là il se tiendrait tranquille et qu'il n'aurait plus la réputation d'un sale type toujours en train de chercher querelle à quelqu'un. Mais il se battait toujours et les élèves craignaient ses colères. S'ils aimaient bien Denis quand même, c'est qu'il faisait le cirque en étude et organisait les chahuts sans souci des retenues.

Ainsi allèrent les mois du premier trimestre. Les arbres étaient à leur place. Les rues étaient à leur place. Tout était semblable aux années précédentes. Denis attendait. Il avait crû. Mais il n'y avait rien de changé.

III

C'est vers la fin de janvier que cela commença. Les élèves parlaient encore de leurs vacances de Noël et de leurs cadeaux. Il faisait un temps clair et froid. Les gros platanes des cours étaient décharnés et noirs sous le ciel blanc. La terre était dure et froide comme de la neige. Mais il n'y avait pas de neige. Chaque jour, les élèves disaient que, bientôt, il y en aurait, mais il n'y en avait pas. Alors, les élèves scrutaient le ciel avec mélancolie et pensaient aux batailles des années passées.

Avant les fêtes, le surveillant avait organisé des visites à un hôpital. Pendant tout le mois de décembre, des cadeaux s'étaient entassés sur une grande table, au fond de l'étude. Chaque matin, avant d'aller à leur place, les élèves venaient y déposer ostensiblement ce qu'ils avaient apporté. Parfois c'était des jouets, parfois des biscuits ou des cigarettes. Parfois même c'était des paquets de bonbons ou des fruits confits. Le plus souvent, c'était des livres, très usagés, de vieux romans sans couverture que les parents voulaient bien céder. Après avoir déposé leur offrande, les élèves allaient s'asseoir à leur place d'un air faussement indifférent et se plongeaient dans leurs leçons en attendant l'heure d'entrer en classe. Ils ne levaient pas la tête pour voir ce que pensaient les autres qui avaient vu.

Pendant les vacances, par petits groupes, les élèves étaient allés voir les malades et porter les cadeaux. Mais Denis n'était pas allé à l'hôpital cette année-là.

Les premiers jours de la rentrée de janvier, l'apport des cadeaux continua ainsi que les visites. Denis ne donna pas son nom au surveillant pour prendre son tour comme les autres. Jacky Renaud fit un grand dessin, sur un carton, qui représentait un garçon au visage vert tragique, aux yeux cerclés de noir, dans son lit d'hôpital. Dessous, en grosses lettres, à l'encre de Chine, Jacky avait écrit :

Apportez, apportez.
Les malades ont besoin de vous.
Apportez, apportez.
Vous devez les aider.

On avait placé le dessin sur la porte de l'étude, mais Denis n'avait pas donné son nom.

Un vendredi matin, en sortant de la chapelle, après la messe, le surveillant retint Denis sur les escaliers, laissa les rangs s'en aller vers la cour.

— Je n'ai pas vu votre nom sur ma liste, pour l'hôpital, dit le surveillant.

— Je ne l'ai pas donné, dit Denis.

Le surveillant n'était pas plus grand que lui. Il souriait pour mettre Denis à l'aise, et cela enflait encore sa figure poupine et rose. Il avait les cheveux plaqués et noirs sur un crâne large. Il ramassa une pierre en haut de l'escalier et la lança vers la cour.

— Pourquoi n'y êtes-vous pas allé pendant les vacances ?

— Je n'avais rien apporté, dit Denis.

— Cela ne faisait rien.

— Je pensais que cela faisait.

Le surveillant passa la main sur sa soutane pour enlever un peu de poussière. La soutane était vieille et luisante aux coudes et aux genoux.

— Cela ne faisait rien, répéta le surveillant. Vous auriez pu y aller comme les autres. Pourquoi n'iriez-vous pas jeudi prochain ?

Denis haussa les épaules et fixa les yeux sur un nuage. Le nuage était immobile dans le ciel blanc.

— Vous savez bien que je suis « collé » tous les jeudis.

— Pourquoi, alors, ne faites-vous pas un effort pour rester tranquille ?

— Je fais des efforts, dit Denis. Vous savez bien que j'en fais. Vous ne voulez pas les voir, c'est tout.

— Je ne vois rien, dit le surveillant. Si vous faisiez un effort, je le verrais.

Il laissa le garçon et descendit les escaliers. Denis resta là, le regard accroché à son nuage. C'est toujours comme ça. Ils vous laissent soudain, sans qu'on sache ce qu'ils pensent. On ne sait jamais ce qu'ils pensent.

On reste seul avec une impression de vide, comme s'ils vous avaient pris quelque chose. Ils ne semblent rien vous prendre et, malgré tout, ils s'en vont en vous laissant tout vide, attendant autre chose qui ne vient pas.

Le mercredi suivant, à la fin de l'étude du soir, le préfet entra dans la salle pour distribuer les feuilles de retenue. Denis ne leva pas la tête. Il se préparait au petit choc et feuilletait sans le voir son dictionnaire. Il entendit Ramon qui faisait un « oh !... » révolté. Ramon était collé. Chaque élève qui recevait une feuille faisait un « oh ! » révolté. Denis entendit Lacroix, puis Cossonier. Le préfet vint vers lui et passa. Il n'avait pas mis de feuille sur le bureau. Lorsqu'il fut plus loin, au fond de la salle, Denis leva les yeux vers la pendule, sans voir l'heure.

— T'es pas collé ? murmura Pierrot dans son dos, d'une voix contente.

— Et toi ?

— Non plus.

— Pourvu qu'il ne revienne pas.

— Non, dit Pierrot, il ne revient jamais.

Le préfet ouvrit la porte de l'étude et les élèves se levèrent. Le préfet sortit et les élèves se rassirent. Il y en a qui firent éclater tout haut leur joie de ne pas avoir de feuille.

C'était, comme tous les mercredis, un immense et long soupir. Puis tout redevint silencieux sur les têtes penchées.

À la porte de l'hôpital, il n'y avait personne. Pierrot avait dû monter avec les autres. Denis les retrouverait tous en haut. Il y avait des pelouses misérables et piétinées le long des allées. Il faisait froid et Denis tapait des pieds en marchant. Il n'entendait que le bruit de ses pas. Le grand bâtiment était silencieux, toutes ses vitres glauques de buée.

Dans le hall d'entrée, la chaleur s'appesantit sur son visage. Il referma la porte. Il vit un gros homme qui téléphonait derrière une vitre. Il attendit que quelqu'un d'autre vînt, mais il n'y avait personne.

Alors, il prit un couloir et au bout du couloir il trouva une salle ouverte. Une grande salle vide, sans meubles, à l'abandon. C'est dans cette salle que Denis rencontra la religieuse en voile blanc qui regardait le ciel par une fenêtre.

Il la voyait de dos. Elle était plutôt grande, parfaitement immobile, et son voile descendait sur ses épaules en plis nets et rectilignes. Denis entra dans la pièce et resta indécis, relevant d'un geste machinal une mèche de cheveux raides sur son front. Il tenait un paquet sous son bras droit. La religieuse ne l'avait pas entendu et continuait de regarder le ciel, ses deux mains pâles appuyées contre la vitre.

— Ma sœur...

Elle abaissa vivement ses mains, fut deux secondes comme prise en faute avant de se retourner. Denis la distinguait mal dans le contre-jour, mais il vit son sourire. Il sourit aussi et elle s'approcha.

— Vous cherchez vos amis ?

Sa voix était aimable, de ce genre de voix qui sont trop douces ou trop tristes. Ses yeux étaient bleus et foncés, très grands sur le visage. Denis regardait ses yeux et ne répondait pas.

— Vous cherchez vos amis ? insistait la religieuse, droite dans sa longue robe blanche.

Denis s'embrouilla dans une phrase incompréhensible. Elle fronçait gentiment les sourcils, pour dire qu'elle ne comprenait pas.

— Je suis du collège Saint-François, articula Denis.

— Vos amis sont en haut, en salle huit.

— En salle huit ?

— Venez, dit-elle, je vais vous montrer.

Elle passa devant lui et il la suivit. Ils revinrent vers le hall. Ensuite, ils prirent un autre couloir. Tout au bout, il y avait un escalier.

— Vos amis sont au second, dit la religieuse en s'arrêtant. La salle huit est la première à droite. Ne vous perdez pas.

Elle sourit, baissa la tête et s'en alla.

Il la regarda disparaître dans les couloirs. Il se sentait stupide. Il monta et rejoignit les autres. La visite dura près de deux heures. Les garçons bavardaient avec des vieillards qui bavaient en tirant des bouffées de leurs cigarettes. Denis était avec Pierrot près d'un homme maigre, aux yeux enfoncés, qui venait d'être opéré, racontait sa maladie, répétait que ses intestins n'avaient plus que quelques centimètres. C'était sa quatrième opération. Il ne pouvait pas fumer, et Pierrot lui avait donné une boîte de chocolats et un roman policier. Pierrot, l'air attentif et l'esprit ailleurs, faisait craquer les os de ses mains. Denis restait debout près d'une fenêtre et pensait que la sœur avait dû le prendre pour un imbécile lorsqu'il avait bredouillé.

Quel âge pouvait-elle avoir ? Elle lui paraissait très jeune, mais Denis se trompait toujours lorsqu'il essayait de donner un âge à une figure inconnue. Et puis, pourquoi était-elle religieuse ? Sans doute, elle était pieuse et bonne, mais pourquoi était-elle religieuse avec un si joli visage ? D'ordinaire, les sœurs ne sont pas très jolies. Elles ont une douceur sur leurs traits et on pense qu'elles le sont, mais elles ne le sont pas. Ramon disait toujours que ce sont les horreurs qui se font nonnes, parce qu'elles ne trouvent pas de garçons. Si Ramon était dans le vrai, le joli visage aurait dû trouver un garçon. Denis pensa tout à coup qu'il préférait quand même que le joli visage fût celui d'une nonne. Il ne savait pas pourquoi, mais il sentait confusément qu'il le préférait.

À la nuit tombante, ils quittèrent la salle tous ensemble, après avoir serré la main des malades. Une autre religieuse, plus âgée, les remercia dans les escaliers et ils descendirent en courant.

Dans le hall, le joli visage parlait avec une femme qui tenait une petite fille mal vêtue par la main.

— Bonsoir, sœur Clotilde ! crièrent les garçons en passant près d'elle.

Elle se tourna vers eux pour leur dire de faire moins de bruit.

Denis laissa sortir les autres et resta un instant sur le seuil. Le joli visage s'était à nouveau penché sur la petite fille et parlait à voix basse. Lorsque la femme et l'enfant s'en allèrent, la religieuse aperçut Denis.

— Vous avez trouvé ?

— Oui, merci, dit Denis.

— C'est la première fois que vous venez ? Je ne vous avais jamais vu. Je connaissais les autres.

— Oui, dit Denis. C'est la première fois.

Il eut envie d'ajouter qu'il viendrait encore, mais il ne savait pas comment le dire, et puis c'était idiot, il dit bonsoir et ouvrit la porte. Elle souriait. Elle avait enfoui ses mains dans les larges manches de sa robe.

— Vous travaillez bien au collège ? dit-elle.

Denis se rembrunit.

— Comme ci, comme ça.

Il sentit qu'il n'y avait rien à ajouter. Il remonta le col de sa canadienne. Dehors, la pluie tombait sur les escaliers de pierre. Il dit encore bonsoir et sortit sans se retourner. Il se mit à courir pour rejoindre les autres, tête baissée sous la pluie, avec un poids étrange dans la poitrine.

IV

Il essaya d'abord de savoir par Pierrot. Pierrot répondit qu'il ne savait rien. C'était le lendemain — ou peut-être deux jours plus tard — à l'étude de onze heures. Denis se remit à son travail, l'air dégoûté, un air qui dégoûtait aussi les autres. Il avait ruminé de la même façon toute la matinée, durant la classe de latin.

— Pourquoi tu demandes ça ? chuchota Pierrot, dans son dos.

Tréville écoutait, assis à côté de Pierrot.

— Pour savoir.

— Mais pourquoi tu veux savoir ?

— T'occupe pas. Pour savoir.

— Écoute, dit Pierrot. Je peux rien te dire, j'y suis allé qu'une fois avant toi. Elle s'appelle sœur Clotilde. C'est tout ce que je sais.

— Ça fait rien, dit Denis.

Il regarda vers la chaire. Le surveillant lisait, les yeux baissés. Denis se tourna légèrement, et Pierrot se pencha sur son bureau lorsqu'il vit Denis se tourner.

— Poupée ne regarde pas, dit Denis. Demande à

Prieffin. Il est toujours fourré à l'hôpital. Il doit savoir.

— Attends, dit Pierrot.

Denis fit mine de s'appliquer à son travail, en observant le surveillant du coin de l'œil. Le surveillant ne bougeait pas. Denis entendit Pierrot qui se levait doucement. Prieffin était à trois bancs derrière. Lorsque le surveillant dressa la tête, Pierrot était revenu à sa place.

— Alors ? murmura Denis, en crayonnant son livre d'un air absent.

— Elle vient à l'hôpital le jeudi. Elle est professeur dans un pensionnat de filles.

— Tous les jeudis ?

— Tous les jeudis.

— Ça va, dit Denis.

— Pourquoi tu veux savoir ?

— Ça va, répéta Denis.

— Tu peux bien...

— Ça va. Tu vas nous faire attraper.

— Ça alors, dit Pierrot. C'est moi qui vais le faire attraper, maintenant !

Denis prit une feuille blanche et son air dégoûté disparut. Il commença son devoir en reniflant un peu.

— Tu travailles ? reprit Pierrot d'une voix incrédulc.

— Ça va, je te dis, fit Denis. Oublie-moi.

Pierrot regarda Tréville en retroussant les sourcils. Tréville lui aussi retroussa les sourcils.

— Il est dingue, lui dit Pierrot. Faut pas faire attention, il est dingue.

Toute la semaine, Denis se tint tranquille. En classe, on n'entendait plus Denis. Denis était silencieux. En étude, rien à faire pour entraîner Denis dans un chahut. Denis abandonnait les autres. Le surveillant regardait Denis avec l'air de se demander quel mauvais coup on lui préparait, mais Denis baissait la tête sur son travail et ne bronchait pas.

Pourtant, le mercredi soir, tout fut remis en question. En revenant de la chorale avec quelques autres, Denis entendit de grands éclats de voix qui parvenaient aux escaliers.

— C'est chez nous, dit Ramon en se mettant à courir.

Les autres le suivirent. C'est Denis qui arriva le premier à la porte de l'étude et l'ouvrit. Les élèves étaient debout et hurlaient. Certains raclaient leurs semelles cloutées sur le carrelage et il y en avait qui se lançaient les couvertures de leurs livres. Le surveillant marchait rapidement entre les tables, en essayant de faire taire ceux près de qui il passait.

— Poupée ! Poupée ! se mit à crier Ramon.

— Rebbia ! Vous serez en retenue jeudi ! répliqua le surveillant.

— Poupée à la porte ! clamait Ramon de plus belle.

Dans le désordre et les rires, Denis aperçut Prieffin qui continuait de travailler, son visage de fille penché sur un gros dictionnaire grec. Denis s'approcha de lui.

— Sainte Nitouche, dit-il.

L'autre ne l'entendit pas.

— Sainte Nitouche ! cria Denis.

Sa phrase éclata tout haut, dans un silence effrayant. Il se retourna stupéfait. Il vit les autres, assis à leur place, muets soudain, et qui le regardaient, l'air gêné. Le préfet était sur le seuil, sévère et droit sur son gros ventre.

— Qu'est-ce qu'il y a, Leterrand ?

Denis baissa la tête et alla s'asseoir à son banc. Le préfet s'approcha de la chaire.

— Je n'admets pas ces remue-ménage, continua-t-il pour tout le monde. Cette division est la pire de toutes. Les tout-petits se tiennent mieux que vous. À partir de ce soir, croyez-moi, je vais sabrer.

Il mesura l'auditoire du regard. Les têtes étaient baissées, les bouches closes. Il avança dans l'allée, ajouta lorsqu'il fut à la porte :

— Rebbia, Cossonier et Leterrand, vous passerez dans mon bureau, à la sortie.

Le petit choc. Comme des larmes qui montent le long de la poitrine en une grosse boule. Denis ne broncha pas. Il entendit Jacky Renaud qui ronchonnait, sur sa gauche.

— Qu'est-ce qu'il y a, Renaud ? demanda le préfet en revenant sur ses pas.

— Rien, dit Renaud.

— Je vous ai entendu dire quelque chose. Vous n'êtes pas content ?

— Si, dit Renaud.

Puis, levant la tête, les joues rouges :

— Mais Leterrand n'a rien fait, il venait juste d'entrer !

— De quoi vous mêlez-vous ? Cela vous regarde ?

— Non, dit Renaud.

— Alors, gardez vos appréciations personnelles. Vous passerez chez moi ce soir, vous aussi.

Renaud ne répondit pas. Lorsque le préfet fut sorti, il entendit les autres qui murmuraient des « Bravo, Jacky ! » et il haussa les épaules. Il se tourna vers Denis et Denis se tourna vers lui. Il haussa encore les épaules et se remit furieusement à son devoir. Denis resta à le regarder, et il sentit le petit choc s'atténuer.

Quand ils entrèrent dans le bureau du préfet, le surveillant suivait les quatre élèves. Ramon, le plus petit, avait un sourire figé. Cossonier, cheveux noirs et lunettes cerclées, tenait ses mains derrière son dos. Jacky était près de Denis et tous les deux restaient à l'écart, le regard fixé sur Gargantua.

— Voilà les cancres, dit le préfet.

Il avait le visage sévère en s'asseyant à son bureau. Il prit un coupe-papier et en frappa la paume de sa main. Puis il vit le sourire de Ramon :

— Ça vous amuse, vous ?

— Non, père.

— Alors, cessez de faire le clown, dit le préfet.

Il prit quelques feuilles sur sa table et les tendit au surveillant. Le surveillant en donna une à chacun des élèves, sauf à Denis. Il garda la feuille de Denis. C'était des feuilles de retenue. Quatre heures pour « Crée du désordre en étude ». Denis attendit et les autres sortirent sans que le préfet eût prononcé un mot de plus. Les autres n'étaient pas contents. Ils souriaient quand même, mais ils n'étaient pas contents.

La porte refermée, le préfet se leva.

— Je désirerais qu'on oublie l'incident, pour Leterrand, dit Poupée dans le silence. Il a fait de gros efforts durant la semaine.

— Je sais, dit le préfet, en se versant un verre d'eau.

Il y avait une petite table dans un coin de la pièce. Sur la table, il y avait une carafe longue et mince avec un verre. Le préfet reposa le verre soigneusement, après avoir bu.

— Je sais, répéta-t-il. Le père Bellon me l'a déjà dit. Pour une fois, il fait des efforts.

— Oui, dit le surveillant, en posant sa main sur l'épaule de Denis. Depuis jeudi, il s'est tenu tranquille.

Le préfet tendit la main vers la feuille de retenue et la prit. Il la balança un instant entre ses doigts et Denis put lire son nom écrit à l'encre noire. Le surveillant avait ôté la main de son épaule, et cela au moins, c'était bien.

— Entrerait-il un peu de raison dans cette cervelle ? demanda le préfet avec un sourire ironique.

Denis se contenta de baisser la tête. Il se balançait sur ses longues jambes, observant la carafe sur la petite table.

— Et pourquoi ces efforts ? demanda encore le préfet.

— Je ne veux pas être collé, dit Denis.

— Cela vous ennuie donc, les retenues ?

Denis continua de fixer la carafe. La carafe était encore à moitié pleine. En sortant, il allait courir vers les robinets de la cour.

— Je suis allé à l'hôpital, dit-il. J'ai vu un malade que j'aimerais revoir jeudi prochain. Je ne veux pas être collé.

Le préfet déchira la feuille. Il passa sa main sur les cheveux du garçon et le poussa vers la porte.

— Merci, dit Denis avec difficulté.

— Restez tranquille à l'avenir, dit le préfet redevenu sévère.

Denis sortit. Le surveillant sortit avec lui et Denis le sentit tout près, lorsqu'il prit ses livres sur le banc du hall.

— Bonsoir, père, dit Denis.

— Bonsoir, mon petit.

Denis courut dans la cour avec un sentiment de défaite qu'il n'aurait pas voulu montrer à Pierrot. Celui-ci l'attendait devant le portail. Denis alla d'abord vers les robinets. Il n'y avait pas d'eau. Il haussa les épaules et rejoignit son ami.

— T'es collé ? demanda Pierrot.

— Non, dit Denis.

— T'es pas collé ?

— Non.

— Tu blagues ou quoi ?

Denis l'entraîna dans la rue.

— Je suis en retard, dit-il. Je te raconterai ça au terminus.

Ils coururent sur le trottoir, dans la nuit, et dépassèrent un grand garçon du collège. Le garçon était debout dans l'embrasure d'une porte, avec une fille. Il tenait la fille par la taille et l'embrassait.

— Qui est-ce ? demanda Pierrot, courant.

— Un « première ». Je le connais. Tu as vu la fille ?

— Trop grosse, dit Pierrot.

Puis, lorsqu'ils furent au terminus :

— Comment ça s'est passé ?

Il y avait une petite file de personnes pour attendre le prochain tramway. Denis se mit à leur suite.

— C'était marrant, Poupée a dit à Gargantua que je faisais des efforts.

— Ça c'est vrai, dit Pierrot. On ne sait plus ce que tu deviens. Alors ?

— Alors, Gargantua demande : « Et pourquoi ces efforts ? » Moi, je sentais qu'il allait déchirer la feuille.

— La feuille était faite ?

— Bien sûr.

— Il l'a déchirée ?

— Comme ça. Parce que je lui ai dit que je ne voulais pas être collé.

— Tu as dit ça ?

— Oui. Il m'a demandé pourquoi, tu penses. Il sait bien que je me fous de toutes les colles de la création.

— Et alors ? dit Pierrot.

— Alors je lui ai répondu : « C'est pour pouvoir aller à l'hôpital visiter un malade. » Tu parles, il était tout fier.

— Il a déchiré la feuille ?

— Comme ça.

Il y avait un homme près d'eux. L'homme était

maigre et vieux. Il était mal habillé, mais se tenait très droit.

— Tu es aussi jésuite qu'eux, maintenant, dit l'homme.

Denis regarda Pierrot.

— C'est à moi qu'il parle ?

— Je sais pas, dit Pierrot.

— Sûr que c'est à toi, répliqua l'homme.

Il haussa les épaules et leur tourna le dos. Alors la pluie se mit à tomber.

V

Il faisait moins froid que le jeudi précédent et le ciel était clair. Petits nuages sur les maisons de la rue. Un souffle frais qui pousse des morceaux de papier sur le trottoir.

Dans la pièce où l'homme téléphonait, une semaine avant, un chat s'étirait sur une table. Denis rabaissa le col de sa canadienne et prit le couloir. Au bout, la salle était toujours à l'abandon. La religieuse ne s'y trouvait pas. Il alla vers la fenêtre et regarda le parc. Il vit un jardinier qui bêchait une pelouse. On entendait des voix dans les autres salles et Denis écouta pour reconnaître celle de sœur Clotilde. Il ne la reconnut pas. Le jardinier, dehors, bêchait à petits gestes calmes. Il était tête nue, il avait les cheveux blancs. Denis pensa que le mieux était de rejoindre les autres. Le jardinier ne l'intéressait pas.

En haut des escaliers, au premier étage, il entendit la voix. Celle du joli visage. Il entendait aussi celle de Prieffin.

— C'est un homme juste, disait Prieffin. Il est rare

qu'il nous punisse et s'il nous punit, c'est que nous le méritons.

« Continue, va, pensait Denis, tu finiras bien par t'étouffer, avec ton bla-bla-bla. »

Il se sentait méchant et tourmenté à cause de Prieffin. Pouvoir lui frapper sur la figure et le laisser abruti de coups, corps affalé, sans souffle, sans bla-bla-bla. Peut-être parce qu'il était Prieffin, ou simplement parce qu'il était le Prieffin qui bavardait avec le joli visage, Denis ne savait pas. Il marchait à pas lents vers eux, sans bruit, sa mèche raide sur le front. Ils étaient debout tous les deux à un coude du couloir et Prieffin s'appuyait contre le mur. Elle tournait le dos à Denis.

— Bonjour, dit Prieffin.

Denis ne répondit pas. Prieffin lui tendit la main. Il ne la prit pas. Il regardait la religieuse qui lui souriait, indifférente, muette, et qui ne le reconnaissait peut-être pas. Il inclina la tête pour la saluer :

— Vous allez bien ?

— Je vais bien. Vous êtes encore en retard.

Elle le dévisageait de ses yeux bleus, s'attardant sur la mèche qu'il relevait en vain.

— Je ne savais pas qu'il y avait une heure pour venir, dit Denis. Je viens quand je peux.

Le ton qu'il prit pour répondre la décontenança, il vit passer comme un voile sur son sourire. Il ne retrouvait plus les phrases qu'il avait préparées. Elles étaient restées chez lui, ou bien au bas des escaliers, dans la grande salle vide. Sans la présence de Prieffin, il aurait peut-être essayé de lui dire qu'il ne revenait que pour la revoir, et qu'il avait espéré toute la semaine avoir le droit de bavarder avec elle, comme le faisait Sainte Nitouche en ce moment. Mais il ne pouvait pas, il ne pourrait jamais. Il était le cancre, celui qu'on ne retient pas, celui qu'on laisse passer.

Il passa. Dans la salle où il entra, Pierrot était assis près d'un malade endormi.

— Ne te presse pas, dit-il. Je t'attends depuis une demi-heure.

— Et alors ? dit Denis en regardant par une fenêtre.

— Qu'est-ce que tu as ?

— Rien.

Pierrot se leva et s'approcha.

— T'es pas drôle, tu sais. Je viens ici pour toi. Si tu crois que ça m'amuse de passer ma vie à l'hôpital.

— Je t'ai pas demandé de venir, non ?

— Je pensais — et puis zut ! — T'es un salaud, quoi ! Toujours ton sale caractère.

— Tu m'emmerdes, dit Denis tout haut.

Il se dégagea de la fenêtre et repoussa une chaise sur son passage.

— Où tu vas ?

— Je m'en vais.

— Va au diable, dit Pierrot.

Dans le couloir, Prieffin avançait, tout seul.

— Où tu vas ? dit-il.

— Ça te regarde ?

— Qu'est-ce que tu as ?

— Tu m'emmerdes, dit Denis.

Il passa. Prieffin le regardait, bras ballants, ironique. En bas, des infirmières sortirent d'une salle avec des boîtes en métal, entrèrent dans une autre. Denis s'approcha de la pièce où se trouvait le téléphone. L'homme était là en train de fumer.

— Qu'est-ce que vous voulez ?

— Où se trouve sœur Clotilde ?

— Sœur Clotilde ? dit l'homme. Partie. Elle est pas là.

— Merci, dit Denis. Merci beaucoup.

Il enjamba les escaliers et courut dans l'allée. Prieffin venait juste de la quitter dans le couloir. Elle ne pouvait être loin. Il la rattrapa au portail Il s'arrêta de courir quelques mètres derrière elle, reprit son souffle, la dépassa d'un air indifférent.

— Vous partez ? dit-elle.

Il se retourna, se rapprocha d'elle avec le sentiment pénible qu'il exagérait la surprise et qu'elle n'était pas dupe de son manège.

— Oui, je m'en vais.

— Vous partez sitôt arrivé ?

— J'ai une course à faire en ville. Je peux vous accompagner un instant, si vous voulez ?

Elle dut sentir qu'il disait cela très vite, qu'il avait depuis longtemps préparé sa phrase, mais elle ne répondit pas et ils marchèrent le long de l'avenue. Il essayait de trouver autre chose à dire et ne trouvait rien. Elle avait le plus joli visage qu'il eût jamais vu — plus beau, plus doux encore que celui qu'il avait essayé de recomposer en esprit durant la semaine —, mais ce n'était pas une chose à dire à une religieuse. Qu'il fût content de l'avoir rattrapée et de pouvoir être près d'elle, ce n'était pas non plus une chose à dire à une religieuse. Il regretta qu'elle ne fût pas une de ses tantes ou une amie de sa mère. Il aurait peut-être osé le lui dire. Ou peut-être pas. En définitive, ce fut elle qui parla :

— Je suis contente que vous vouliez m'accompagner. Vous aviez l'air tellement farouche.

Denis riait, trouvait son rire idiot, se taisait. Il regardait les platanes de l'avenue et les gens qui passaient près des platanes. Il ne voyait qu'elle, qui portait un manteau à capuche, blanc comme sa robe, une large alliance argentée à la main gauche, une petite croix de bois noir sur la poitrine.

— Vous ne prenez pas le tramway ? demanda-t-elle au bout d'un affreux silence.

— Non, j'aime bien marcher. Vous prenez le tramway à Saint-François ? Vous allez en ville ?

— Oui. J'ai un cours à donner au pensionnat. Vous savez que je suis dans un pensionnat ?

— Oui, dit Denis, je l'ai demandé à Prieffin.

— Il m'a dit que vous le lui aviez demandé par un intermédiaire, en étude. Cela vous intéressait donc tellement ?

— J'avais envie de savoir, dit Denis.

Puis, comme un désespéré qui se jette à l'eau en s'appliquant à ne pas réfléchir à ce qui se passera ensuite :

— Vous aviez l'air tellement gentil, je voulais savoir.

— Vous êtes gentil aussi. Je pensais que je vous ennuyais, l'autre jour.

— Oh non ! dit Denis brutalement.

Ses yeux d'enfant, cette précipitation dans ses paroles, cette expansion dans tous ses gestes : c'est elle qui riait à présent, d'un rire clair, inattendu. Denis n'aurait jamais pensé qu'une nonne pût rire.

— Vous donnez des leçons de quoi ? reprit-il aussitôt.

— Latin et français. Vous aimez ça ?

— Oui, dit Denis. C'est tout ce que j'aime. Le reste est terrifiant.

Il se sentit tout fier d'avoir dit cela, à cause peut-être du mot *terrifiant.*

— Vous êtes un bon élève, je crois, d'après ce que m'a dit Prieffin. Un bon élève remuant.

— Je n'en sais rien, dit Denis.

Elle dut remarquer son changement de visage, car elle ajouta très vite :

— J'aime les élèves remuants. J'ai une élève dans ma classe, c'est un diable, mais je l'aime mieux que les autres.

— On ne m'aime pas beaucoup, moi, au collège.

— Vous devez être terrible, Denis.

— Vous êtes loin du compte, ce doit être encore pire que ça.

Il rit, cette fois, sans se trouver bête. Il venait de comprendre une chose merveilleuse : elle savait son nom, que Prieffin sans doute lui avait dit, mais pourquoi Prieffin le lui aurait-il dit si elle ne l'avait pas, elle-même, demandé ?

Il la quitta au carrefour Saint-François. Elle monta dans un tramway, lui fit un petit signe amical lorsque la voiture démarra. Il resta là, debout sur le trottoir, avec une joie calme au fond du cœur, à regarder la petite tache blanche qui s'éloignait.

La première chose qu'il pensait faire, c'était d'aller dire une prière à la chapelle du collège. Dieu était bon de l'avoir aidé. Il n'était plus seul dans la vie. Déjà sa vie ne lui appartenait plus. Il fut effrayé de sentir confusément que sa vie n'appartenait même plus à Dieu. La petite tache blanche avait tout pris, en quelques minutes, et il ne restait plus rien, ni pour lui, ni pour Dieu.

Après que le tramway eut disparu au bout de l'avenue qu'il pouvait voir de l'endroit où il se tenait, il se trouva vide et un peu triste.

Il traversa la chaussée et revint vers l'hôpital. Quand il ne restait plus rien, il restait toujours Pierrot.

VI

Les semaines, jusqu'au jeudi, devinrent affreusement longues. Au collège, durant la journée, il ne manquait pas de moyens pour penser à autre chose qu'à son amitié pour sœur Clotilde. Le soir, entre les quatre murs de sa chambre, c'était impossible.

La chambre était petite et carrée. Une table sous la lampe et une armoire contre un des murs recouverts de papier bleu constituaient le seul ameublement et faisaient la pièce plus étroite. N'était le désordre qui régnait dans ses affaires, Denis aurait pensé que rien ne lui appartenait en propre, rien qu'il aimât assez pour être vraiment à lui. Il n'aimait pas la collection de timbres établie par son père, ou les coquillages dans la vieille boîte à cigares. Peut-on aimer des coquillages lorsqu'on les a ramassés sur une plage insignifiante, même dans sa laideur, à un moment d'ennui ? Il n'aimait ni les coquillages ni les deux romans de Francis Finn qu'il connaissait page par page, portant l'étiquette de la bibliothèque du collège, et leur titre : *Rien qu'une fois*, *Percy Wynn*.

Il n'aimait pas les photos de l'Almanach des jeux Olympiques de 1936. Est-ce qu'on peut aimer un lézard empaillé qui a toujours été dans une chambre, et qui reste là, sans être à vous ? Denis fermait les yeux pour ne plus voir la fenêtre qui lui rappelait d'autres fenêtres, les rues, la ville, toutes les rues de la ville, et les pas sur les trottoirs, les tramways, les autobus et les marchands de journaux criant à tue-tête, un monde rempli de bruit et de lumières qu'il ne connaîtrait pas avant des années.

Le soir, heureusement, les parents de Denis n'entraient pas dans la petite chambre. Lui, lisait son journal et pensait à ses chiffres. Elle, préparait son dîner et regardait si sa salle à manger était en ordre. Denis restait seul sur son lit, la lampe éteinte et il rêvait. Il entendait la radio que son père allumait pour les informations. Parfois, son père prenait Londres et commentait les nouvelles avec Madame. Un an auparavant, la nuit où l'on avait annoncé que les Allemands commençaient à se replier sur Stalingrad, il était venu tout heureux, le veston ouvert, dans la chambre de Denis.

— Les Russes vont les avoir, avait-il dit. Ça y est, les Russes vont les avoir. Les Boches n'ont plus qu'à s'en aller.

Puis, voyant le peu d'intérêt que Denis attachait à l'événement, il avait ajouté quelque chose comme « Pauvre France » et il était reparti vers le salon, son journal et ses chiffres.

Ce fut le seul soir où Denis fut dérangé. Les Boches ne firent pas mine de s'en aller pour autant et Denis continua de les voir se promener en ville dans leur uniforme vert sale, l'allure indifférente et fatiguée.

En classe, c'en était fini des efforts de Denis. Une nervosité folle le reprenait. D'autant que, dans les semaines qui suivirent sa seconde rencontre avec sœur Clotilde, la plupart des élèves, comme s'ils s'étaient donné le mot, étaient en proie eux aussi à la même soif de rire, de remuer.

Le professeur principal — français, latin, grec — était un petit homme, père jésuite comme les autres, tout rond, avec une vieille soutane et des chaussettes en soupirs d'accordéon. La main sur la poitrine, entre deux boutons de son habit, il passait dans les couloirs à petits pas, tête haute. Les élèves l'avaient affublé du pseudonyme avantageux de Napoléon. Ses allures étaient celles d'un Napoléon timide, d'un Bonaparte ventru, caporal toute sa vie. En outre, il avait un tic : ses joues étaient rondes et sur celle de droite se formait continuellement une boule d'air. Du moins, c'est ce que les garçons prétendaient. Napoléon pouvait placer sa langue contre sa joue pour faire cette proéminence sur son visage, mais tout le monde pensait que c'était une boule d'air. On avait constamment l'impression que le bon, le doux, l'adorable révérend père Raymond Bellon, de la Compagnie de Jésus, gardait une chique dans la bouche.

Toutes les années, c'était les mêmes plaisanteries, les mêmes désordres qui se reproduisaient pendant ses cours. Le père Bellon s'énervait parfois et prenait avec ostentation des mesures que, dans sa bonhomie, il croyait terribles, mais n'importe quel élève puni en classe n'avait qu'à aller le trouver au moment de la récréation, il était aussitôt absous de toute faute.

C'était un désordre magnifique. La salle de classe devenait ring de boxe, ligne intercontinentale pour avions en papier, champ de tir, foire aux timbres, piste de patinage. Lorsqu'il était impossible de se faire entendre, Napoléon se levait brusquement et — grave erreur de stratégie — s'attaquait au plus énervé :

— Rebbia, sortez tout de suite !

Rebbia se levait, cynique, sourire aux lèvres :

— Non, père.

Et les autres :

— Bravo, Ramon !

— Rebbia, tout de suite !

Le bon père avalait sa salive, sa chique, il avalait tout dans sa colère.

— Non, père.

Et les autres, en longs murmures :

— Il n'a rien fait, c'est injuste.

— Vous, Leterrand, sortez aussi !

Rebbia :

— Il n'a rien fait, c'est injuste.

Le père, se tournant vers Ramon :

— Vous, je vous ai déjà dit de sortir.

Jacky se levant, de son air indolent :

— Il n'a rien fait, c'est injuste.

Le prêtre :

— Sortez aussi !

Jacky :

— De quoi ? Je n'ai rien fait. C'est injuste.

Le père :

— Vous avez parlé.

Jacky, les deux mains sur la poitrine :

— Qui ? Moi ? Ah ben ! Ça, alors !

Les autres :

— C'est pas lui ! C'est Prieffin !

Le père :

— Taisez-vous ! Prieffin, sortez aussi !

Et Prieffin, les larmes aux yeux :

— Mais je n'ai rien fait, c'est injuste !

Les autres :

— C'est lui, c'est lui !

Le père :

— Prieffin, vous vous révoltez ! Sortez tout de suite !

Prieffin s'asseyait, la tête dans ses mains, découragé :

— Je n'ai rien fait, c'est injuste.

Le père sentait les autres, tous les autres enfin calmés, et même, de son côté.

— Allons, Prieffin, sortez.

— Mais enfin...

— C'est bien ! C'est bien ! Vous aurez de mes nouvelles !

Jamais personne n'eut des nouvelles du père Bellon. Tous les élèves étaient contents. On faisait silence. Chacun restait à sa place, le prêtre continuait son cours et, quelques minutes plus tard, cela recommençait, d'une autre ou de la même façon.

En étude, Poupée était plus dur. Il punissait et il n'y avait pas moyen de se faire ôter les punitions.

Mais comme disait Cossonier, « le pipi valait la rigolade ». Il y avait une centaine d'élèves. Aussi, quand les « troisième division » remuaient vraiment, tout le collège le savait.

Avant d'entrer en étude, à la fin de la récréation de quatre heures, un ordre venu d'on ne savait où courait entre les groupes. C'était un ordre impératif.

— À cinq heures, Denis lève son mouchoir, raclez des pieds et ouvrez vos bureaux. Après, tous vos dictionnaires sur la table.

On montait vers l'étude en silence. Jusqu'à cinq heures — après la prière, après la lecture par le surveillant de quelques pages d'un roman de Finn — tout était calme dans la grande salle.

Les élèves se sentaient terriblement joyeux et impatients. Ils levaient de temps en temps la tête vers la pendule et se faisaient des sourires entendus. Denis regardait Pierrot et Pierrot souriait aussi. Tréville rongeait ses ongles. Ramon se tournait vers Milhaud et lui lançait un clin d'œil. Renaud regardait par la fenêtre et feuilletait un livre sans baisser le regard.

La dernière minute était longue et terriblement silencieuse. À cinq heures, Denis sortait son mouchoir, se levait doucement et cela commençait d'un coup, un seul.

Il fallait toute la durée de l'étude pour rétablir l'ordre. Tous les élèves sans exception raclaient des pieds et entassaient leurs livres pour les faire tomber sur le carrelage dans un fracas épouvantable. Des boulettes de papier mâché, gorgées d'encre rouge, partaient d'un peu partout vers un peu partout, des tranchées à tenir coûte que coûte se formaient entre les tables, et Poupée, debout, hurlant, hors du coup, attendrissant dans sa colère vaine, distribuait les punitions au hasard, en évitant, lui, de viser les trop fortes têtes qui risquaient de se rebiffer.

C'est pour tout cela que Denis avait le moyen de penser à autre chose durant la journée.

VII

Les jeudis de février ne laissaient à Denis qu'une dizaine de minutes pour bavarder avec sœur Clotilde. Du moins ces dix minutes, une par une, étaient à lui. Il la retrouvait dans le parc de l'hôpital, en sortant du collège. Le mercredi soir, il n'appréhendait plus la feuille du préfet, il ne la regardait même pas lorsqu'on la posait sur sa table d'étude. La feuille n'avait pas d'importance puisqu'il savait retrouver sœur Clotilde après la retenue.

Courant le long des trottoirs, il arrivait au portail de l'hôpital las et sans souffle. Il était bon, ensuite, d'attendre la sortie de la religieuse, en reprenant haleine sur un banc au milieu des pelouses. Toutes les pensées de la semaine, il les oubliait lorsqu'elle apparaissait dans le parc, le cherchant des yeux, venant à lui comme à une déjà longue habitude.

Le banc qu'il préférait se trouvait à l'écart des autres, derrière les bâtiments, de sorte qu'elle devait faire un détour pour le rejoindre, et l'idée de ce détour, confusément, plaisait à Denis. En outre, on ne pouvait les voir des fenêtres, et il faisait trop froid pour que les convalescents de l'hôpital sortent se promener dans le parc. Denis était plus à l'aise. Néanmoins, quand sœur Clotilde était à côté de lui, il se surveillait trop, il parlait trop bas ou trop précipitamment, les mots lui manquaient. Il s'en voulait ensuite, de sa sottise, toute la semaine. C'est à cette époque qu'il prit le travers de ronger ses ongles. En peu de jours, il le fit jusqu'au sang.

Elle devait rentrer au pensionnat avant la tombée de la nuit. Il n'avait jamais remarqué, auparavant, comme le soleil se couche tôt en février. Restait le plaisir de l'accompagner en ville, mais ce n'était plus pareil car une autre religieuse, nommée sœur Marthe, était avec eux. Ils se quittaient dans le tramway sur un « soyez sage en classe », sur un regard où il aurait voulu trouver Dieu savait quoi et qui le décevait toujours. En plus, le tramway dans lequel il devait, au moins jusqu'au prochain arrêt, continuer sa route n'était pas le bon : quand elle lui avait demandé quel quartier il habitait, il avait menti pour pouvoir l'accompagner.

Elle lui disait :
— Que voulez-vous faire plus tard ?
— Oh, je sais pas. Plus tard, c'est loin.
— Il y a bien quelque chose que vous aimez ?
— Oh, des tas.
— Par exemple.
Il soufflait, cherchait, ne trouvait rien.
— Des tas de choses.

— Le football et les fraises à la crème ?

Il riait, haussait les épaules, jouait avec une poignée de gravier. Silence. Et puis soudain, gare à vous, c'était parti, voix haut perchée, gestes d'andouille, mots mitraillés, la fuite en avant :

— Vous savez ce que j'aime ? Vous savez ? J'aime ce qui va vite ! Broum ! Tout ce qui va vite ! Les avions dans le ciel (il mimait avec sa main). Les autos (il tenait un volant). Les chevaux, les motos, les — je sais pas, tout ! Tout ce qui va vite !

— J'ai compris : vous voulez être chauffeur de train.

Il balançait la tête, embarrassé.

— Non, non, je ne veux rien être du tout. J'aime bien, voilà.

— Et puis ?

— Oh, et puis le football et les fraises à la crème.

Elle lui demandait aussi :

— Et les gens autour de vous, vous les aimez ?

— Tous. J'aime tous les gens.

— Ça fait beaucoup.

— Pas tellement.

Il comptait sur ses doigts :

— Ma mère, mon père, Pierrot, Tréville, Ramon, Jacky et vous. Ça fait sept. Tous ceux-là, je les aime.

— Vous vous entendez bien avec votre père ?

— Comme ça.

— Qu'est-ce qu'il en dit, lui ?

— De quoi ?

— De vous, de votre travail. De vous.

La question le décontenançait :

— Il ne dit rien. Je sais pas.

— Vous lui parlez bien, quelquefois ?

— À qui ? À mon père ? Vous leur parliez, vous, à vos parents ?

Elle le regardait, muette à son tour, faisait vaguement oui de la tête, et puis non, et en définitive, elle disait :

— Vous me parlez bien, à moi.

— Ce n'est pas pareil.

— Pourquoi ?

— Ils ne m'ont jamais demandé si je parlais à quelqu'un, eux.

Elle avait vingt-six ans — ou du moins elle les aurait en avril. Elle était née dans une petite ville appelée La Voulte, près d'Orléans, qu'il chercha sur la carte dépliante de son livre de géographie, puis dans le guide Michelin de son père *: L.-et-C., ch.-l. de cant., 3 220 hab., Egl. xv*ᵉ*, s/riv. La Verte Chanson.* Il détacha la page pour la garder, punaisée sous l'abattant de sa table d'étude, et chaque fois qu'il soulevait l'abattant pour prendre un livre, c'était la première chose qu'il voyait.

Elle lui dit aussi que sa famille, qui s'appelait Bryas, était établie à Lyon et en Italie et que c'était, pour elle, un déchirement que cette guerre. Elle n'avait ni frère ni sœur, mais plusieurs cousines avec qui elle avait partagé les vacances de son enfance, à La Voulte. Denis retint leurs noms pour pouvoir en parler comme s'il les connaissait lui aussi de longue date : Lou, qui était l'aînée, Isabelle, Angélina, Sandra, Camille, Tina, et la plus jeune — qui était née aveugle, avait l'âge de Denis et vivait à Naples — Michaelina.

— Ils sont riches, vos parents ?

Elle riait.

— Pourquoi me demandez-vous ça ?

— Pour me faire une idée. Vous avez parlé d'une gouvernante, l'autre jour, et d'une grande maison, et de domestiques.

— Moi, je suis pauvre.

— À La Voulte, la maison de vos parents, c'est loin de la Verte Chanson ?

Elle le regardait avec de grands yeux :

— Vous connaissez La Voulte ? Comment savez-vous le nom de la rivière ?

— J'ai cherché dans un bouquin.

Il lui fallait plusieurs secondes pour se remettre. Puis elle balançait la tête, voile bruissant, elle riait.

— Oui, c'est assez loin. Mais on y va souvent. Il y a un vieux pont de pierre et quand on passe dessus, vous savez, on — enfin, on crache dans l'eau, oui quoi, et quand on entend le bruit — enfin, le plouf, vous voyez — on a du bonheur pour sept mois ou sept ans...

Il découvrait qu'elle aussi pouvait rougir et s'occuper brusquement, comme si la vie de quelqu'un en dépendait, d'une écharde dans le bois du banc, de sa croix tournée du mauvais côté contre sa poitrine, de n'importe quoi plutôt que de le regarder.

— Et alors ?

— Alors rien. Je ne sais pas pourquoi je dis ça. J'étais toute petite. Je suis entrée au couvent à huit ans. Je veux dire, une fois au couvent, même pour les vacances, ce n'était plus pareil. J'y ai fait toutes mes études.

— Et ensuite ?

— Ensuite ? (Elle le regardait à nouveau.) Eh bien, j'y suis restée.

— Vos parents, c'est ce qu'ils voulaient ?

— Voulaient quoi ? (Elle lisait dans ses yeux ce que, sans doute, elle était persuadée d'avance d'y trouver, même si ce n'était pas exactement ça, et elle répliquait d'une voix nette :) C'est ce que *moi*, je voulais. Mes parents le voulaient aussi, c'est vrai.

Elle avait des cils très longs, qui ombraient ses yeux bleus, des sourcils qui laissaient supposer à Denis que ses cheveux étaient clairs, un nez court et droit, des dents très blanches — les deux du haut, devant, légèrement écartées. Quand il voulait retrouver son visage, le soir dans sa chambre, il partait de ce détail, son sourire se recomposait aussitôt, et son regard attentif, et ce mouvement qui lui était familier, en parlant, de cadrer dans le vide, entre ses mains, quelque chose de net, de rigoureux.

Au collège, pour se pavaner, pour se montrer plus au courant que lui, Prieffin lui apprit que la famille de sœur Clotilde donnait son nom, depuis trois générations, à une grande marque d'apéritif italien.

— Oh, je le sais, dit Denis.

— Tu parles, dit Prieffin. Tu sais rien du tout, oui.

Denis haussa les épaules, mais en descendant en cour pour la récréation de quatre heures, il se plaça, dans les escaliers, derrière Sainte Nitouche et il lui fit un croc-en-jambe. Sainte Nitouche dévala une dizaine de marches à plat ventre. En se relevant, il avait le menton et un bras tout écorchés. Il n'osa pas dénoncer Denis au surveillant, parce que toute la bande à Denis lui aurait volé dans les plumes à la sortie, mais, le jeudi suivant, il se plaignit à sœur Clotilde.

Quand Denis la vit, cet après-midi-là, non pas dans le parc comme d'habitude, mais dans une sorte de buanderie où elle rangeait des draps qu'elle venait, avec sœur Marthe, de repasser, elle était irritée, bien sûr, mais plus que cela, comme effrayée par l'incident. Denis, qui l'avait déjà oublié, ne comprenait pas pourquoi elle s'adressait à lui du bout des lèvres, sans même le regarder. Elle attendit qu'ils fussent seuls, quelques minutes, pour le lui dire. Denis répondit que Prieffin était un gros mot et un fils de gros mot, et que c'était bien dommage s'il ne s'était pas cassé la tête pour de bon. Elle réagit avec une soudaineté, une violence qu'il n'aurait pu imaginer.

— Taisez-vous ! Allez vous laver la bouche ! Allez-vous-en ! On ne parle pas ainsi d'un camarade ! Allez-vous-en !

Le regard à la dérive, rouge d'humiliation et de rage, Denis crut réellement que son cœur allait éclater lorsqu'elle le prit par l'épaule et le poussa vers la porte

— Mais je ne voulais pas lui faire de mal !

— Alors, qu'est-ce que vous dites ?

— Mais j'ai fait ça comme ça ! Je voulais l'empêcher de parler de vous, c'est tout !

— C'est bien ce que je ne comprends pas ! Pourquoi ?

— Pourquoi ! Pourquoi ! Tout le monde demande pourquoi ! Je voulais l'empêcher, c'est tout. Je voulais — oh, et puis j'en sais rien, ce que je voulais !

Il s'était dégagé, il s'était ménagé de l'espace entre lui et la porte. Elle le regardait avec quelque chose au fond des yeux qui ressemblait à de la peur. Il ne put supporter ce regard-là, il se tourna vers une fenêtre, haussant plusieurs fois les épaules, promenant les yeux dehors sans rien voir. Après un long silence, il dit d'une voix qui tremblait :

— Bien sûr, c'est moi que vous attrapez ! Il a raison, Sainte Nitouche ! C'est votre ami, lui, pas moi ! Sœur Clotilde, c'est sa propriété à lui !... Oh, j'en ai marre, j'en ai marre !

Il y eut un autre silence, puis il l'entendit approcher, elle toucha son bras. Elle s'était radoucie :

— Voyons, vous êtes mon ami tout autant que Prieffin. Et même, vous savez, je passe beaucoup plus de temps à bavarder avec vous qu'avec lui.

Il se retourna et vit qu'elle souriait. Il vit qu'elle trouvait son comportement puéril, et que, d'une certaine manière, elle en était soulagée. Elle lui parlait comme un surveillant, au collège.

— Allons, c'est fini. Il faut être moins orgueilleux, Denis, et plus gentil avec vos camarades.

Cela le mortifia encore plus.

— Vous êtes mon amie ? dit-il. Vraiment, vous êtes mon amie ? Eh bien, on peut le prouver ! Prouvez-le !

Il tendait la main droite, qu'elle regardait sans comprendre, sourire à nouveau disparu, inquiète de le voir à ce point survolté.

— Donnez-moi votre main si vous êtes mon amie.

Elle lui donnait sa main, en hésitant, une main qui était tiède et douce, qu'il touchait pour la première fois, qu'il serrait très fort, avec une assurance inattendue, en sentant qu'instinctivement, elle voulait la lui retirer.

— Je vais vous dire quelque chose, quelque chose de difficile, et si vous êtes vraiment mon amie, vous me laisserez quand même votre main. Vous voulez ?

Elle le regardait, interdite, elle faisait non de la tête, plusieurs fois, avec une sorte de désarroi. Il ferma les paupières, il ne la vit plus, il dit gravement dans le noir :

— Quand vous m'avez demandé où j'habitais, je vous ai menti pour pouvoir prendre le même tramway que vous. J'habite du côté de la gare. L'autre jour, un bouton manquait à votre manteau, c'est moi qui l'ai arraché. Je le garde toujours avec moi, même la nuit. Avant de m'endormir, je vous parle. Et puis, Prieffin, s'il m'embête encore, s'il dit seulement votre nom devant moi, je lui tape dessus et je lui tape dessus jusqu'à ce qu'il meure.

Sœur Clotilde n'avait pas retiré sa main. Lorsqu'il la regarda, il vit qu'elle était comme statufiée, les yeux emplis d'effroi, et que seules ses lèvres tremblaient. À ce moment, sœur Marthe ouvrit la porte, les bras chargés de draps blancs, et de les voir ainsi, tous les deux, main dans la main, elle resta muette sur le seuil.

Il crut, toute la semaine suivante, qu'il avait tout gâché, qu'il ne la reverrait plus. Elle n'avait rien dit lorsqu'il était monté, comme les autres jeudis, dans le tramway qui la ramenait avec sœur Marthe au pensionnat, mais elle ne l'avait pas regardé une seule fois, même en le quittant. À travers les vitres de la voiture, il l'avait vue s'éloigner sur le trottoir, se disant : « Elle va se retourner, il faut qu'elle se retourne, si elle ne se retourne pas, je ne rentrerai jamais plus chez moi je m'en irai loin, je m'en fiche. » Elle ne s'était pas retournée. Il était revenu chez lui à pied. Il avait mis deux heures pour revenir, en imaginant qu'il était mort d'une maladie foudroyante et que sœur Clotilde se jetait en larmes sur sa tombe. Des cris, des regrets terribles.

Le jeudi suivant, elle était dans le parc avant lui, assise sur le banc qu'il préférait, en train de coudre. Il y avait du soleil partout, des fleurs blanches et mauves étaient nées sur les pelouses, c'était mars. Elle le vit venir de très loin, elle leva la main en croyant qu'il ne l'avait pas aperçue. Quand il fut devant elle, hors d'haleine car il avait couru depuis le terminus de Saint-François, elle le fit se pencher, elle posa un baiser rapide sur sa joue. Elle ne souriait pas. Elle avait les traits tirés, les yeux tristes, une voix décomposée, hésitante, qu'il ne reconnaissait pas. Elle lui dit, en le regardant en face, une main douce sur son bras, qu'elle lui demandait pardon, qu'ellc s'était fait des reproches toute la semaine, parce qu'il avait soif d'amitié et qu'elle s'était montrée incompréhensive et avare d'elle-même, parce qu'on doit donner beaucoup quand on vous demande beaucoup, des choses comme ça. Elle lui dit que tout était de sa faute, à elle. Il n'avait jamais été aussi embarrassé de sa vie, il devait être rouge jusqu'à la racine des cheveux.

Ils restèrent peu de temps dans le parc. Elle ne cousait plus. Elle ne disait pas un mot. Il lui raconta — c'était un mensonge — qu'il avait fait la paix avec Prieffin. Il eut le sentiment qu'elle allait hausser les épaules, mais juste avant elle se reprit et dit que c'était bien. Et puis, brusquement, elle se leva.

Ce soir-là, sœur Marthe n'était pas avec eux. Ils marchèrent le long de l'avenue, tous les deux seuls. Denis lui dit que c'était comme à leur seconde rencontre. Elle fit oui de la tête, oui. Il marchait au bord du trottoir, sautant les lignes entre les pierres cimentées. Il était mal et il n'avait jamais été aussi bien. Avant d'arriver au terminus, elle lui dit tout à coup :

— Vous allez prendre votre tramway, cette fois, et moi le mien.

— Oh, non ! J'ai le temps, moi. Je veux vous accompagner.

— Je vous en prie, dit sœur Clotilde. Je vous en prie.

Elle le laissa au terminus.

Il était debout sur le trottoir, elle assise près de la vitre, dans un tramway qui tardait à partir. Elle ne le regardait pas. Au moment où le tramway démarra, il frappa sur la vitre, parce qu'elle devait croire qu'il s'était déjà éloigné de son côté, mais non, elle savait bien qu'il était là, mais elle ne voulait pas le regarder, elle ne voulait pas.

Plus tard, des semaines, des mois plus tard, quand tout fut bien, elle devait lui dire qu'un jour de cette époque-là, entrant dans une papeterie pour acheter des fournitures, elle s'était trouvée incapable, devant la vendeuse, de se rappeler ce qu'elle voulait. Il y avait un grand vide dans sa tête. Elle avait essayé de se ressaisir. Elle n'avait pas pu. Alors, pour ne pas être ridicule, elle avait choisi une carte postale de la ville, sur un présentoir tournant.

En sortant de la boutique, appuyée sur la poussette à provisions du pensionnat, elle avait écrit au dos de la carte : *Maman.* Et au-dessous, d'une écriture qui lui semblait soudain étrangère : « *Je t'en supplie, écris-moi.* »

Elle n'avait pas signé. Elle n'avait pas posté la carte. Vingt pas plus loin, elle l'avait déchirée et jetée dans le ruisseau.

Elle se disait : c'est une épreuve, une chose dont on parle, dont on entend parler, une épreuve. On ne croit pas que cela puisse vous arriver — *pas à moi* — et puis une porte s'ouvre et se ferme, on est dedans.

Où l'ai-je rencontré ? C'est un enfant, ma mère, vous savez ? Il m'a demandé si mes parents étaient riches. Il m'a demandé si la rivière était loin de chez nous. Où l'ai-je rencontré ? Dans une pièce vide, un soir de pluie. Vous ne me croirez pas, mais j'ai trouvé mon enfant dans une pièce vide et c'est à son sourire que je l'ai reconnu. Vingt-six ans après, ma mère. Exactement comme je vous le dis.

Elle demanda conseil à son confesseur. Elle fut maladroite à trouver les mots qu'il fallait. Il ne comprit pas. Il jugea que ses craintes étaient absurdes et laides, et il dit que le mal n'existe qu'en nous. Le mal, c'était cette gêne qu'elle avait ressentie lorsque Denis avait pris sa main. Il lui conseilla de revoir l'enfant comme il était prévu, afin de ne le troubler en aucune façon, puis d'espacer leurs rencontres et de prier pour lui.

Elle revit Denis. Elle devina qu'il avait couru tout son chemin pour la voir. Ses yeux étaient plus beaux, plus noirs que jamais, et pleins d'un bonheur confondant. Tout s'embrouilla, elle lui demanda pardon, elle posa un baiser sur sa joue. Et pendant la courte seconde où ses lèvres touchaient sa peau, elle sut que c'était vrai, que le mal était en elle, qu'il ne fallait plus le rencontrer, ni voir son sourire, ni entendre sa voix, ni se rappeler même ce baiser ou la douceur de sa main.

Tout au long du retour vers le pensionnat, l'imaginant dans un autre tramway, malheureux parce qu'elle ne l'avait pas regardé quand il avait frappé sur la vitre, elle répéta la même prière : mon Dieu, je voudrais que vous soyez moi, juste un jour, juste une heure, je voudrais que vous remettiez la vie en ordre à ma place, et ne plus avoir de mémoire, jamais.

Elle demanda un entretien avec sa mère supérieure. La supérieure l'avait toujours connue. Elle avait soigné ses maladies d'enfant, elle avait pleuré le jour de ses vœux en la voyant les bras en croix sur le carrelage d'une chapelle.

Dans le bureau de la supérieure, il y avait un cheval de manège, en bois, un vrai cheval de manège à la peinture écaillée, qui supportait une lampe et dont la présence était inexplicable. Sœur Clotilde, qui ne l'avait pas fait en dix ans, demanda pourquoi il était là. La supérieure répondit :

— Il me vient de mon père qui tenait dans sa jeunesse, avec ses frères, un manège dans les fêtes foraines.

Sœur Clotilde n'osa rien lui dire, ensuite. Elle n'osa pas lui dire que quelque chose lui arrivait, qu'elle était seule, et qu'elle avait peur de ne pas pouvoir, de ne pas savoir se défendre. Elle demanda seulement la permission de ne plus se rendre à l'hôpital, chaque jeudi, parce qu'elle voulait remplacer une de ses compagnes au ménage dans les classes.

Elle pensait : il n'est rien arrivé, c'est fini. Jeudi, tu te boucheras les oreilles, tu te boucheras le cœur, tu resteras dans le noir tant qu'il sera encore temps d'aller le rejoindre. Il montera et descendra les étages, il ouvrira toutes les portes, il sera triste à peine, ses jeux le reprendront. Il n'est rien arrivé.

Le second jeudi de mars, Denis ne trouva pas la religieuse dans le parc. Déjà, le printemps éclatait. Les arbres avaient des bourgeons clairsemés sur leurs branches. Le ciel calme, profond, avait la couleur de la mer.

Lorsque l'heure où elle apparaissait d'habitude fut passée, il monta les escaliers de l'entrée en courant. Il y avait du monde dans le hall, mais il passa sans remarquer personne. Il parcourut des couloirs, froids et sentant l'éther. Une à une, il ouvrit des portes. Une à une, il les referma, le corps comme vidé de son sang, doutant de ce qu'il vivait, doutant de tout.

Il n'y avait personne non plus dans les étages. Il ouvrit d'autres portes et les referma. La cloche, annonçant la fin des visites, se mit à sonner comme il revenait vers les escaliers. Il descendit trois marches et s'immobilisa : sœur Clotilde était là, essoufflée, arrêtée devant lui, le regardant avec des yeux immenses, comme délivrée. Elle dit :

— Tu m'en as fait, une peur !

— Moi ? Mais je vous ai cherchée partout ! Pourquoi n'étiez-vous pas dans le parc ? J'ai cru que vous ne viendriez plus !

Ils parlaient tous les deux d'une voix précipitée, une voix de dispute.

— Je ne peux plus venir, dit sœur Clotilde, je t'expliquerai. C'est sœur Geneviève qui me remplace ici.

— Sœur Geneviève ? Qui est sœur Geneviève ? Vous ne viendrez plus ?

Ils restaient immobiles, à quelques marches l'un de l'autre, main sur la rampe.

— Je t'expliquerai, dit sœur Clotilde. C'est moi qui l'ai demandé.

— Demandé quoi ?

— De ne plus venir.

— Vous ? dit Denis, d'une voix sans timbre, stupéfait. Pourquoi ? Ça n'a pas de sens.

— Non. Ça n'a pas de sens.

La cloche s'était tue. Ils furent dérangés par des visiteurs qui s'en allaient, parlant de maladie, de chirurgiens, de vie qui passe.

— Viens, dit sœur Clotilde, nous ne pouvons pas rester ici.

Ils ne bougèrent ni l'un ni l'autre. Denis essayait vainement de comprendre.

— Vous ne voulez plus que je vous voie ? Je vous ai fâchée ? Je vous ennuie ?

— Mais non, tu es bête.

— Je ne comprends pas.

Elle monta encore deux marches vers lui, prit sa main sur la rampe. Elle lui dit, plus bas, lentement, sans le regarder :

— Je ne pourrais pas, maintenant, ne plus te voir.

Et elle ajouta aussitôt, en levant les yeux, d'une voix enjouée, pour ne pas lui laisser le temps de réagir :

— À quelle heure sors-tu du collège, demain ?

— Six heures et demie, pourquoi ?

— Tu viendras au pensionnat.

— Chez les filles ? dit Denis interloqué.

— Oui (elle hochait la tête, elle souriait), oui, chez les filles. Tu demanderas en bas où est ma classe. Tu vas me donner le numéro de téléphone de tes parents pour que je les prévienne. Et tu apporteras tes livres de latin, que je voie où tu en es.

Denis fut un instant à fouiller ses poches, l'esprit en déroute, à la recherche d'un papier. Il n'en avait pas. Elle non plus. Il ne trouva qu'un billet de cinq francs pour noter le numéro, prit le stylo qu'elle lui tendait, s'assit sur une marche pour écrire.

— On n'a pas le téléphone, à la maison. Il faut appeler chez la voisine.

— Je m'arrangerai.

Elle était penchée vers lui, le regardant écrire. Elle posa sa main sur sa tête. Il avait honte de ses ongles rongés, honte de son écriture, il sentait son cœur battre. Il lui donna le billet sans lever les yeux, et elle dit avec un petit rire que c'était le premier argent qu'elle gagnait de sa vie.

Le soir, étendue dans son lit, ses cheveux courts sous ses doigts lui rappelant ceux de Denis, elle se dit : Pourquoi avoir eu si peur ? Dieu a-t-il jamais défendu de partager l'affection d'un enfant ? Dans ce que nous avons dit, dans ce que nous avons fait, où ai-je pu voir de la bassesse ?

Mon Dieu, pardonnez-moi si j'ai jeté le trouble dans son âme. Mon Dieu, pardonnez-moi si je lui ai fait du mal sans le savoir. Accordez-moi de l'aimer à présent comme s'il était mon frère, comme s'il était mon fils. Accordez-moi de pouvoir embrasser son visage sans crainte, et de rester pure dans mes pensées comme je l'étais en venant vers Vous. La vie aurait pu me donner un jeune frère comme Denis, ou un enfant comme Denis, un enfant qui eût été le mien, brûlant du même amour que moi. Mon Dieu, je veux l'aimer ainsi, je l'aime ainsi.

Puis, clair dans l'obscurité de la chambre, le visage de Denis revint, tel qu'elle l'avait vu l'après-midi, son visage bouleversé, soulagé, éperdu. Elle s'endormit en se répétant une phrase : « Denis, Denis, Denis, mon petit, toi, mon ange, la même phrase dans le noir, la bouche sur le côté frais de l'oreiller, Denis, Denis, Denis, mon petit, toi, mon ange. »

VIII

Le lendemain, au collège, Denis resta prostré, indifférent, mais plein d'impatience à l'intérieur de lui-même, avec soudain, par moments, une étrange envie de pleurer. Pierrot devait être malade, car il ne vint pas. Les autres, en classe, entretenaient le désordre des jours précédents. Pendant le cours de Napoléon, Ramon se tourna vers Denis et lui donna une bourrade :

— Qu'est-ce que tu as, aujourd'hui ? Tu marches pas avec nous ?

— Non, dit Denis.

— Tu veux pas rigoler ?

— Non, dit Denis.

— Tu deviens lèche-bottes ?

— Non, dit Denis.

— Alors, quoi ?

— Alors, merde.

La classe terminée, il descendit en cour avec les autres, il essaya de s'intéresser à une partie de ballon. Mais il ne pouvait chasser de son esprit l'image de sœur Clotilde. En étude, il demeura tranquille à travailler. Il n'y eut pas de chahut ce soir-là. Il faisait chaud et le surveillant fit ouvrir les fenêtres. Denis finit son devoir bien avant les autres et resta ensuite la tête dans ses bras croisés, en s'efforçant de ne penser à rien. On entendait, dans les rues, les mille sonorités du soir. Une cloche éloignée, une chanson, un pas sur le trottoir, un aboiement, le cri d'un frein. Des sons qui berçaient des mots.

La nuit tombait lorsqu'il arriva au pensionnat, ses livres sous le bras. Le concierge l'arrêta pour lui demander ce qu'il voulait. Le concierge était petit et difforme. Il semblait stupide. Denis répondit qu'il venait prendre une leçon de latin avec sœur Clotilde.

— Deuxième étage à droite, dit le concierge, mais voyez la supérieure d'abord. Au rez-de-chaussée.

Denis traversa une cour cernée de marronniers, qui ressemblait à celle du collège, et prit le premier couloir qu'il trouva. Ses pas résonnaient comme dans une église. Au premier étage, il rencontra une religieuse qu'il avait déjà vue à l'hôpital. Elle lui indiqua la classe de sœur Clotilde. Avant de frapper à sa porte, il examina son reflet dans une porte vitrée, arrangea ses cheveux du plat de la main, se frotta les dents avec l'index.

Sœur Clotilde, quand il entra, était à la chaire, en train de corriger des copies. Au fond de la classe vide, il restait une élève, une fille à lunettes qui avait à peu près son âge à lui et qui peinait sur un devoir. Une seule lampe était allumée. Sans se lever, la religieuse fit signe à Denis d'approcher. Elle avait un sourire détendu, tranquille comme au premier jour. Elle le regarda plusieurs secondes, quand il fut devant elle, et puis elle dit d'une voix douce :

— Bonsoir, phénomène.

— Bonsoir, ma sœur. Je... Je peux attendre dehors, si vous voulez.

— Non, viens t'asseoir. Tu as vu la mère supérieure, en bas ?

Elle se levait, lui montrait un banc de la première rangée, et il s'assit sagement, ses livres devant lui. Elle parlait bas, pour ne pas gêner l'élève qui s'était remise à son travail, au fond de la classe.

— J'ai demandé à une sœur, dit Denis. Elle passait dans le couloir.

— La prochaine fois, va te présenter à la supérieure. Elle s'étonnerait que tu n'ailles pas la voir.

C'était elle qui était debout devant lui maintenant. Elle le regarda de nouveau plusieurs secondes sans rien dire, et puis brusquement, elle rit. Elle prit un des livres de Denis — le Debeauvais — et le feuilleta. Elle vit qu'il dessinait de petits bonshommes dans les marges.

— Vous avez téléphoné chez moi ? dit Denis.

— Oh !

Elle mit sa main devant sa bouche pour étouffer un autre rire et elle dit :

— Tu sais quoi ? Ce matin, j'ai fait une course pour le pensionnat et, je ne sais pas où j'avais la tête, j'ai donné ton billet, avec le numéro dessus !

En arrivant au bout de sa phrase, les yeux dans ceux de Denis, elle rougit. Elle se remit précipitamment à feuilleter le Debeauvais. Ce fut l'élève à lunettes qui rompit le silence, un moment plus tard :

— J'ai fini, ma sœur.

— C'est bien, Françoise. Laissez votre copie sur mon bureau.

Avant de sortir, Françoise prit un manteau bleu marine près de la porte. En le passant, elle regarda Denis et lui sourit comme à un frère de bagne, avec un mouvement d'yeux entendu en direction de sœur Clotilde, qui lui tournait le dos.

Quand ils furent seuls, la religieuse fit le tour du banc, toujours feuilletant son livre, et vint s'asseoir près de lui. Elle lissa une page du plat de la main.

— On essaie de traduire ça ?

Denis fit la grimace.

— Vous savez, j'en sors, moi.

Elle ferma le livre, résignée. Ses bras sur la table, le regard sur ses mains, elle lui demanda ce qu'il avait fait durant la journée.

— J'ai pensé à vous.

Elle s'efforça de rire, toujours sans le regarder.

— Quand même pas tout le temps ?

— Tout le temps, dit Denis.

Elle tourna enfin le regard vers lui, un regard qui vacilla en rencontrant le sien, disant :

— Il ne faut pas.

— Vous ne pensez jamais à moi, vous ?

— Si. Mais je... oh, si, dit-elle avec lassitude.

— Vous pensez quoi ?

— À ce que tu fais, à ce que tu dis. Je ne sais pas.

— Je dis beaucoup de bêtises ?

Elle haussa légèrement les épaules, droite à côté de lui dans sa robe blanche, sous son voile aux plis nets.

— Non. Je ne crois pas. Je ne me rends pas compte.

Elle détournait à nouveau les yeux. Denis se sentait gêné, il n'était jamais à l'aise immobile. Parce qu'il ne trouvait rien à dire, il fit un mouvement vers elle, un mouvement pour poser son front sur son épaule, mais elle s'écarta vivement, comme si elle avait prévu son geste avant lui et l'appréhendait. Puis aussitôt, le regardant, elle dut regretter sa brusquerie. Ce fut elle qui attira le visage de Denis, caressant ses cheveux et sa joue d'une main douce, sans rien dire, jusqu'à ce qu'il détourne les lèvres pour en embrasser la paume. Elle ne retira pas sa main, il l'entendit seulement murmurer quelque chose de suppliant, qu'il ne comprit pas.

Puis elle s'écarta, se leva. Elle essayait de sourire. Pour prendre une contenance, elle alla vers un commutateur, près de la porte, et alluma les autres lampes dans la classe. Quand elle se tourna vers Denis, en pleine lumière, ils se regardèrent longtemps, à plusieurs pas l'un de l'autre, sans un mot.

Elle lui raconta plus tard que ce soir-là, dans sa chambre au pensionnat, après avoir longtemps prié et pleuré, elle s'était donné de toutes ses forces un coup de règle en métal sur la paume de la main gauche, la main qu'il avait embrassée.

Sous la douleur, dans une sorte d'éblouissement, elle avait porté instinctivement la main à sa bouche. Elle s'était rendu compte alors qu'elle touchait de ses lèvres ce que les lèvres de Denis avaient touché, comme si c'était la bouche de Denis lui-même, et, le temps de se reprendre, elle avait embrassé sa propre main.

Lorsqu'il rentra chez lui, ses parents étaient inquiets et il dut plusieurs fois leur fournir la même explication. Sœur Clotilde lui donnait des leçons.

— Ah ! dit sa mère, qui est sœur Clotilde ?

— Une religieuse du pensionnat Sainte-Jeanne d'Arc. Je l'ai connue à l'hôpital.

— Bien, dit son père, mais combien prend-elle pour ses leçons ?

— Combien ?

— Oui, combien l'heure ?

— Elle ne prend rien.

— Rien du tout ?

— Non.

— C'est une bonne affaire, dit son père.

Et il se replongea dans son journal.

Denis alla se réfugier dans sa chambre. Une joie immense l'envahissait, qu'il ne voulait montrer à personne. Sœur Clotilde était son amie pour toujours. Il pouvait l'embrasser, être près d'elle. Il pourrait la voir aussi souvent qu'il le désirait. L'attente n'existerait plus. Si, la journée serait interminable demain. Vraiment interminable.

Voyons. Demain, c'est Bellon. Proverbe : Bellon, c'est long. Après Bellon, l'étude. Bon. Après, le réfectoire. Après, la récréation. Tant pis. Après, l'anglais. Puis, les maths. Ça, ce sera dur. Ensuite, la récréation. Encore tant pis. Puis l'étude. Deux heures et demie d'étude. Mais on va faire un de ces chahuts ! Et puis, vite, elle.

Je lui dirai combien je pense à elle. Je lui dirai tout. Je lui dirai que j'aime qu'elle soit près de moi. Je lui dirai...

Mais non. Je ne lui dirai rien. Je l'embrasserai, je l'embrasserai, et je ne lui dirai rien du tout.

Le lendemain. C'est en classe de grec. Du moins, on dit que c'est une classe de grec. En vérité, ce n'est pas une classe. Il y a seulement des bureaux, la chaire et le professeur, debout dans sa vieille soutane, et puis des démons et le vacarme.

— Tu te réveilles, aujourd'hui ? dit Ramon.

— Oui, dit Denis.

— T'as l'air content.

— Oui, dit Denis.

— Hier, t'étais pas content ?

— Oui, dit Denis.

— Alors, quoi ?

— Alors, merde.

Ramon, pour rire, se bat avec Denis. Pierrot lance des boules de papier vers le tableau.

— Rebbia et Leterrand, sortez !

Ensemble avec force :

— Non, père.

— Vous aurez de mes nouvelles.

Le père Bellon fait taire les autres. Il essaie. Les autres ne se taisent pas. Au fond de la salle, il y a Jacky.

— Qui fait un morpion ? crie Jacky.
— Renaud, sortez !
— Non, père.
Et les autres :
— Il n'a rien fait, c'est injuste !
Le père Bellon est rouge, il avale sa salive et sa boule d'air.
— Renaud, sortez, ou je sors.
Et Renaud, magnanime :
— Je vous permets, père.
Immense éclat de rire, et le désordre continue.
— Tu étais avec elle, hier ? demande Pierrot tout bas.
— Au pensionnat, dit Denis.
— On dirait que tu es amoureux.
Denis se frappe la tempe de l'index :
— T'es pas un peu... ? Amoureux d'une sœur !
— On dirait que tu l'es.
— Elle est gentille comme tout.
— Je vois bien. Prieffin me l'a dit aussi.
— Prieffin ?
— Oui.
Denis se dresse, marche droit vers la fenêtre près de laquelle Prieffin est assis. Prieffin contemple le désordre en souriant.
— Dis donc, toi !
— Quoi ?
Une paire de gifles. Prieffin se lève, repoussant timidement Denis. Une autre paire de gifles.
— Prieffin prend une volée, crie Ramon.
Les autres frappent des pieds.

— Qu'est-ce que j'ai fait ? sanglote Prieffin.

— Rien du tout, dit Denis.

Et une autre paire de gifles. Le père Bellon agrippe Denis et l'entraîne.

— Assassin ! Assassin ! crient les autres.

Denis se dégage, esquisse un pas de boxeur devant le prêtre et reçoit la sommation rituelle :

— Leterrand, sortez !

Tous les autres :

— Non, père !

Denis revient tranquillement à sa place.

— Pourquoi as-tu fait ça ? demande Pierrot, dans le désordre et les rires.

— Ça te regarde ?

— Non, mais tu es un salaud.

— Il a pas à y toucher. Elle est à moi. Et puis, ça m'amuse de frapper sur Sainte Nitouche.

— Qu'est-ce qui est à toi ? demande Cossonier, interrompant la réponse de Pierrot.

— Occupe-toi de tes oignons.

— On aimerait savoir.

— Laisse tomber, dit Pierrot. Ça te regarde pas.

Au même moment, Gavenian, sur la porte :

— Vingt-te-deux, Gargantua !

Silence. Le père Bellon revient vers sa chaire.

— Page vingt-deux, dit-il.

On prend la page et le père Bellon sourit. Il est content.

La journée fut longue malgré les incidents de l'étude. Cossonier avait eu l'idée de placer une pièce de deux francs dans le commutateur de l'électricité. Lorsque le surveillant donna l'ordre à Prieffin d'aller allumer, il y eut un déclic, pas de lumière. Prieffin haussa les épaules et revint à sa place.

La nuit tombe peu à peu, l'étude se remplit d'ombres. Déjà les bavardages s'élèvent. Poupée, hissé sur une table, vérifie les ampoules en répétant, affolé : « Un peu de patience, c'est certainement un court-circuit. » Lorsqu'il fait vraiment sombre, certains font craquer des allumettes et d'autres se faufilent entre les tables pour pincer leurs ennemis. Après, on va chercher le préfet qui connaît l'idée depuis dix mille ans et qui enlève la pièce du mécanisme. Bien entendu, impossible de connaître le coupable. Et tout le monde est puni. Pendant trois jours, pas de récréation. On restera en étude. Mais c'est tout de même une bonne idée que Cossonier a eue là.

À la sortie, Denis n'attendit pas Pierrot et partit en courant. Il faisait un temps doux, presque un temps d'été. Il y avait de petites bulles qui murmuraient dans le ruisseau, le long du trottoir. Longtemps après, Denis devait se rappeler ce détail sans importance avec une netteté incompréhensible. Il devait se rappeler qu'il s'était, un soir, arrêté dans sa course à travers le temps, le cœur gonflé d'impatience, et qu'il avait perdu de précieuses secondes à regarder des bulles dans un ruisseau.

IX

Denis ne pensait plus qu'à ce moment avec sœur Clotilde, à la sortie du collège. Il y avait beaucoup de soleil sur la ville. Beaucoup de soleil et des filles qui sortaient leurs robes légères. Aux terrasses des cafés, les gars s'arrêtaient pour lire l'édition sportive et bavarder avec les amis. Au bas des avenues, dans le port, la mer étendait des reflets d'huile éblouissants entre les quais.

Tout semblait assoupi dans cette luminosité chaude. Les aiguilles même parcouraient au ralenti leur champ de courses sur les horloges.

Mais à la fin, tout au bout du jour, arrivait le moment. Elle restait assise près de lui, le visage du garçon dans ses mains, et elle lui parlait doucement. Il ne demandait que cela. Rien d'autre que de l'entendre, de pouvoir la regarder. Sa voix était caressante et tendre lorsqu'elle lui parlait. Il aurait voulu à son tour lui dire ce qu'il pensait, simplement, comme elle, mais puisqu'il n'y arrivait pas, tant pis, il n'était plus gêné de se taire. Il laissait son visage contre l'épaule de la religieuse et il sentait les mains blanches se promener sur sa joue, redresser des mèches dans ses cheveux.

Lorsqu'il fallait rentrer, il n'y avait pas de coupure. Rien ne cessait. Elle ne cessait plus de penser à lui. Le soir, c'était des remords jusqu'au sommeil agité, des prières qui la laissaient malheureuse. Jamais la pensée ne revint qu'elle pourrait ne plus le voir. Son printemps était trop fort, trop chaud, trop brusque, trop dévorant. Son printemps lui devenait plus nécessaire que la vie. Elle priait et déjà il était dans sa prière. Il envahissait tout. Je l'aime comme mon fils, se disait-elle, je l'aime comme une mère aime son fils. Mais elle ne se persuadait pas, ne se rassurait pas.

Et lui, sans coupure non plus, sans désir, ou peut-être seulement sans comprendre son désir, attendait la fin de la nuit, puis la fin du jour. Mais l'attente ne coupait rien, n'altérait rien. La vie n'existait pas dans le jour. Elle n'existait pas dans la nuit. La vie n'était que ce moment du soir, dans une classe vide, lorsque deux mains caressaient son visage, maternellement. Elle n'était que cette robe blanche, le bruit de cette robe quand sœur Clotilde marchait, la tiédeur d'une épaule, un parfum de femme.

M. et Mme Leterrand s'inquiétaient bien un peu des retards soudains de leur fils, mais ils étaient heureux qu'il daignât faire un effort pour ses examens. Il était impossible de remarquer une quelconque amélioration dans les notes de Denis, mais M. Leterrand disait que cela se sentirait plus tard. Aussi, Denis était tranquille. Un soir sur deux, il prenait le chemin du pensionnat et restait une demi-heure, trop courte, près d'elle.

La tante de Denis trouva son neveu différent, lorsqu'elle vint, un jeudi après-midi, prendre une tasse de café chez sa sœur.

— Qu'a-t-il de changé ? dit Mme Leterrand surprise.

— D'abord, il grandit.

— Ça, tout le monde le sait.

— Oui, mais il a quelque chose au fond du regard.

— Ah ?

— Peut-être le printemps, c'est son âge.

Mme Leterrand ouvrit de grands yeux, épouvantée. Le printemps !

— Denis n'a pas quatorze ans, il ne pense pas à ces bêtises ! Tu es folle.

— Je t'assure qu'il change. Toi, tu le vois trop, donc tu ne le vois pas. Tiens, par exemple, on dirait qu'il ne parle plus comme à son habitude.

— Allons donc !

— Mais si. Il a une voix plus lente, moins brusque. Je ne sais pas, mais il y a quelque chose de nouveau en lui. J'en suis sûre.

— Il grandit, c'est tout, dit Mme Leterrand.

Elle se leva et appela Denis, réfugié dans sa chambre. Il vint, bras ballants, un sourire forcé aux lèvres.

— Tu ne veux pas de biscuits, mon chéri ?

— Si.

Elle le fit asseoir.

— Tu travailles bien ? demanda sa tante, brune et un peu forte.

— Comme ça, dit Denis. Pour le latin, ça ne va pas trop mal.

— Et la chorale ?

— Ça va aussi. On chantera à l'église Saint-Joseph, dimanche matin.

— Très bien, je viendrai peut-être vous entendre.

Denis avala ses biscuits et sourit en se dressant sur ses jambes.

— Je vais dans ma chambre, dit-il. J'ai du travail à finir.

— Va, mon chéri.

Il s'en alla. Sa mère restait pensive, comme surprise.

— C'est vrai, dit-elle au bout d'un instant. Je ne fais pas assez attention à lui. Il a vraiment changé sa façon de parler. Comme si quelqu'un lui en avait donné une autre. J'espère qu'il n'est pas en train de me couver une maladie.

— À cet âge-là, dit la tante, il faut surveiller leur santé. C'est le mauvais moment.

— Oui, dit Mme Leterrand. Je vais lui donner du sirop, ça le fortifiera.

Et ce fut tout.

Au milieu de mars, les Allemands occupèrent un bâtiment du collège. C'était celui où se trouvaient les réfectoires. Les élèves, pour les repas, furent installés dans une ancienne étude. Lorsque les divisions descendaient en cour, les élèves ne regardaient pas les soldats en uniforme. En récréation, ils racontaient des histoires atroces sur les cruautés des Allemands. Pour ces histoires, Cossonier était le plus fort. Il en savait des tas et on les lui faisait répéter chaque jour. Mais au collège, les soldats ne semblaient pas aussi féroces que ceux des histoires. Denis les observait par la fenêtre de l'étude, avant d'aller en récréation. Sur le seuil du bâtiment réquisitionné, ils parlaient en petits groupes. Ils avaient des chemises à manches courtes, mais leurs bottes devaient être chaudes et lourdes. Un drapeau à croix gammée flottait au-dessus du portail.

— Sales Boches, murmurait Denis.

Il ne leur en voulait pas particulièrement, à ces gars-là. Qu'ils soient venus au collège créait de l'amusement pour les élèves. Pour cela, il fallait les remercier. Ils n'ennuyaient personne, ils restaient dans leur coin. Mais Denis se rappelait ce que disait son père à table, après Radio-Londres. Sûr que les Américains et les Russes libéreraient bientôt la France. Avec les Anglais en plus. Les Boches ne traîneraient plus longtemps dans nos rues, dans nos bars, avec nos filles. Les Boches s'en iraient et la France serait libre comme au bon vieux temps. Alors, il y aurait la paix. Mais quoi ? La paix, qu'est-ce que ça serait ? Denis ne pensait pas avoir vécu autrement qu'en état de guerre. Et cette guerre-là n'avait rien de bien ennuyeux, à part que maman parlait un peu trop du prix des choses au marché noir. Et puis, au diable, se disait Denis, la guerre, c'est l'affaire des grands. Qu'ils se débrouillent. Et il descendait avec les rangs, en évitant de regarder les soldats, pour faire comme les autres.

À la fin du mois, les Allemands changèrent de visage. On avait remplacé le groupe qui occupait le bâtiment.

— Qui sait où sont partis les autres ? dit Pierrot.

— J'en sais rien, dit Denis. Ailleurs.

— Ils sont partis se faire tuer en Russie, dit Ramon, ça leur fera du bien. Ils sont tout simplement partis se faire tuer.

Denis sentit que quelque chose n'allait pas. Si la guerre se résumait à tuer, sœur Clotilde pensait certainement que Boches ou pas Boches, c'était dommage qu'ils soient partis, alors que lui, vraiment, ne pouvait pas le penser. Les Boches étaient les ennemis. Qu'ils se fassent tuer n'était pas dommage, c'était tant mieux. Son père le disait depuis toujours.

Et Denis, mal à l'aise, essaya de penser à autre chose.

Sœur Clotilde n'avait pas des élèves très remuantes. C'était des filles de quinze à dix-sept ans.

Elle faisait ses classes et ensuite, elle aidait ses compagnes aux menus travaux du pensionnat. À tous les instants, elle s'éloignait de ce qu'elle était en train de faire pour s'en aller vers le garçon. Elle écartait cette pensée, mais elle revenait, avec l'angoisse qui, peu à peu, se cristallisait autour.

Vers sept heures, le soir, elle montait dans sa classe et attendait Denis. Denis pouvait la rejoindre à présent sans rien demander à personne. Elle avait téléphoné aux Leterrand, et la mère supérieure était avertie. La mère supérieure avait marqué un peu dc désagrément, parce que si plusieurs religieuses donnaient des leçons à des élèves qui n'étaient pas du pensionnat, Denis était le seul garçon, mais c'était tout.

Elle entendait venir son pas dans le couloir. Elle ouvrait toujours la porte avant qu'il eût frappé. Elle le recevait avec une envie folle de le prendre dans ses bras, de le couvrir de baisers. Il avait un sourire d'une spontanéité désarmante, et quand il parlait, il appuyait doucement sur ses mots, l'air sérieux et résolu. Elle avait l'impression qu'il ne finissait jamais ses phrases. Il entrouvrait ses lèvres humides et se taisait, cherchant toujours, ses yeux rêveurs et calmes dans le vague de la classe.

La peur s'évanouissait, se perdait dans le regard de Denis et une sorte de torpeur les envahissait tous les deux, assis l'un près de l'autre, sans oser bouger. Et ce désir, grandissant de soir en soir. Le désir de le prendre dans ses bras, de le savoir à elle, bien à elle.

Pourtant, elle communiait encore. Elle ne se sentait pas coupable. Elle n'était coupable que de l'avoir rencontré, lui, et pas un autre. L'avoir rencontré avant, à égalité d'âge, et une chance aurait existé contre la volonté d'une grande famille d'avoir une nonne parmi ses filles. Le ciel eût-il été contre eux ?

Elle secouait la tête, chassant des pensées absurdes, essayant de raviver un remords qu'elle n'éprouvait plus. Déjà, son esprit s'attachait à trouver des moyens de le voir davantage. Elle se surprenait à élaborer des solutions. Les parcs, les rues du côté de la plage, ou l'appartement inoccupé d'une ancienne amie, Madeleine. Madeleine accepterait, il y aurait bien une raison à lui fournir. De toute façon, il ne fallait pas que Denis vînt aussi souvent au pensionnat. Elle devait porter la peur d'être surprise sur son visage. Elle se laissait aller à des rêves qui devaient être sus de toutes ses compagnes. Il ne fallait pas.

Nulle place pour le remords dans tout cela. Mais elle se complaisait dans son mal, s'en voulait de s'y complaire, l'esprit alarmé, l'âme heureuse.

X

C'est à cette époque qu'arriva le nouveau. Il entra en classe et les élèves tournèrent la tête tous ensemble pour le regarder. Ce fut le préfet qui le fit entrer.

— Voici le jeune Arthur Debaucourt, dit-il au père Bellon.

Et le préfet referma la porte et s'en alla. Le nouveau s'approcha de la chaire.

— Épelez votre nom, dit le père Bellon en prenant son cahier de notes.

Le nouveau épela son nom et le prêtre l'écrivit sur son cahier. Ensuite, il dit à Ramon de changer de banc et au nouveau d'aller s'asseoir près de Denis, à la place de Ramon.

— Manquerait plus que ça, dit Ramon.

— Allez, dit le prêtre. Faites ce qu'on vous dit.

— Rien du tout, dit Ramon.

Le nouveau vint vers lui. Il était grand et bien bâti. Ses cheveux bruns étaient plaqués sur le front. Il avait un sourire ironique et persistant.

— Casse-toi, dit-il à Ramon, laisse ta place.

— On t'a jamais démoli ? dit Denis.

Le nouveau se tourna vers Denis.

— Non, dit-il.

— Alors, fais bien attention, ça va t'arriver.

Ramon restait assis et pianotait sur la table, d'un air décidé.

— Allez, Ramon, dit Denis. Laisse ta place à cet idiot.

Le père Bellon, patient, regardait fixement ses livres.

— Quand vous aurez fini, dit-il, sans lever les yeux, nous pourrons peut-être continuer.

Ramon prit ses cahiers et alla vers le fond de la pièce. Le nouveau s'assit près de Denis et posa ses bras sur la table tandis que le père Bellon reprenait sa classe interrompue.

À quatre heures, ils l'attendirent. Ils savaient qu'il allait venir vers eux. Ils le voyaient aller d'un groupe à l'autre, en faisant semblant d'examiner la cour. Il avait des culottes longues et bien repassées. Les plis tombaient raides et impeccables sur ses chaussures.

— Il est costaud, dit Cossonier.

— T'occupe pas, dit Denis. Ça me regarde.

Pierrot se frottait le nez, se rapprochait de Denis. Le nouveau venait insensiblement vers eux.

— Il se presse pas, dit Ramon.

— Il part du droit, dit Pierrot. C'est un gaucher.

Ils étaient six à l'attendre, à le regarder venir en souriant. Denis se tourna vers Pierrot et Pierrot fit la moue.

— Tu vas avoir du mal, dit-il.

— T'en fais pas, dit Rezaix qui avait entendu. Denis lui met la grosse tête.

Le nouveau fut près d'eux aussitôt.

— Ça va ? demanda Ramon.

— Ça va, dit le nouveau.

— Pourquoi t'as pris ma place, ce matin ?

— On m'a dit de la prendre.

— Laisse tomber, dit Pierrot à Ramon.

Pierrot se planta devant le nouveau.

— Debaucourt, dit-il, c'est pas un nom. Ça fait fillette.

— Et Leterrand ? répliqua l'autre sans se démonter.

Denis écarta Pierrot.

— Qu'est-ce que tu veux à Leterrand ? dit-il. Leterrand, c'est moi.

— Je sais, dit l'autre qui ne se démontait toujours pas.

— Alors, on ne t'a jamais démoli ?

— Non, dit le nouveau.

Il éleva le regard vers les cheveux de Denis. Denis était plus grand que lui mais beaucoup moins lourd.

— Non, continua-t-il, et c'est pas toi qui me démoliras.

— J'aimerais essayer, dit Denis.

— Je veux pas me battre.

— Cette blague, dit Denis.

Il poussa très fort le nouveau dans la poitrine. Le nouveau recula sans perdre son sourire.

— Alors ? dit Denis, les deux mains sur les hanches.

Il n'y eut pas de réponse. Debaucourt bondit avec

une rapidité folle et plaqua deux coups de poing sur les yeux de Denis. Denis fit un pas en arrière. Pierrot le reçut dans ses bras. Denis se dégagea et revint vers le nouveau. Déjà, celui-ci avait tourné le dos et courait vers les cabinets.

— Le salaud ! cria Ramon. Rattrapez-le !

Ils se mirent à courir et ce fut, bien entendu, Jacky qui rattrapa le nouveau avant les autres. Jacky courait terriblement vite. Il prit le nouveau par le cou et le maintint jusqu'à ce que les autres l'aient saisi à leur tour. Denis les rejoignit à pas lents. Il avait les deux yeux gonflés et rouges. Il ne voyait plus très bien et Pierrot voulut le soutenir, mais il s'écarta brutalement. De tous les coins de la cour, les élèves accouraient pour voir la bataille.

— Lâchez-le, dit Denis. C'est mon affaire.

Il était fou de rage.

— Reste calme, dit Pierrot. Si tu veux faire quelque chose de bien, reste calme.

Les autres lâchèrent Debaucourt et l'entourèrent pour qu'il ne pût s'échapper.

— Tu vas me payer ça, dit Denis.

L'autre leva les poings pour se défendre, mais il ne se défendait plus au bout de trente secondes. Denis continuait de cogner et les autres l'arrêtèrent lorsque le surveillant arriva en courant dans le groupe.

— Vous aurez quatre heures ! dit le surveillant à Denis. Allez chez le préfet tout de suite !

Le nouveau était contre un arbre, pleurant et saignant du nez. Denis haussa les épaules, recueillit quelques poignées de main et s'en alla vers les bâtiments. Un soldat le regarda avec curiosité dans la cour d'entrée.

— Mal arrangé, dit-il en français.

— Si vous voyiez ce qu'a pris l'autre, dit Denis.

Le soldat se mit à rire et appela ses camarades qui travaillaient sur un moteur d'auto. Les autres rirent aussi et Denis leva la tête, fièrement.

À la sortie, Denis ne partit pas en courant, comme les autres soirs. Il attendit Pierrot. Ils allèrent jusqu'au carrefour Saint-François sans dire un mot, en poussant du pied, chacun à leur tour, une boîte d'allumettes vide. Il n'y avait pas beaucoup de gens qui attendaient le tramway au terminus. Les deux garçons s'assirent sur les chaînes d'attente.

— Quatre heures, t'as eu ? demanda Pierrot.

— Oui, quatre heures pour demain. Jeudi, je suis déjà collé par Renoux.

— Quatre heures un dimanche, c'est vache.

— Si c'était que ça.

— Qu'est-ce qu'il y a d'autre ? dit Pierrot.

— Tu as vu mes yeux ?

— Et après ?

— Ça m'ennuie.

— Te frappe pas, ça va durer quatre ou cinq jours, et ce sera fini.

— Ça m'ennuie quand même, dit Denis.

Le tramway se plaça pour le départ. Il monta sur la plate-forme arrière.

— Bonsoir, dit Pierrot, à lundi.

— Bonsoir, dit Denis. Je l'ai bien arrangé, c'est l'essentiel.

— Pour ça, tu l'as bien arrangé.

— Il se bat comme un salaud. J'aime pas ce genre de types.

— Il a l'air calmé.

— On verra, dit Denis, mais j'aime pas ce genre de types.

Et le tramway se mit en marche. Pierrot s'en alla en faisant signe de la main. Denis lui répondit, mais c'est à sœur Clotilde qu'il pensait. Il s'assit à une place seule, près de la vitre et réfléchit durant le trajet. Il ne pouvait pas y aller. Il ne pouvait pas se montrer avec ces yeux-là. Et pourtant il fallait qu'il la voie, il le fallait.

Le mieux était de ne pas lui dire qu'il s'était battu. Elle se moquerait de lui, comme d'un gosse. Il passa un doigt sur ses yeux enflés et durs. Il chercha une histoire à raconter. Ce fut en arrivant en ville qu'il la trouva. Il lui dirait tout simplement qu'il était descendu en marche du tramway et qu'emporté par l'élan, il s'était cogné contre le poteau d'arrêt. Cela paraîtrait ridicule et ils riraient ensemble. C'était bien trouvé comme histoire.

Il regarda, par la vitre, les lumières de la ville, en attendant avec impatience que le tramway fût arrivé au boulevard du pensionnat. Il se leva un peu avant l'arrêt, rangea ses livres sous son bras, sortit sur la plate-forme. La voiture roulait à vive allure. Denis pensa qu'il était plus tard que les soirs précédents.

Avant que le tramway n'eût stoppé, il sauta sur le trottoir en courant.

Le poteau était dur. Il ressentit le choc, comme une présence gênante, avec le sentiment d'une monstrueuse absurdité. Le trottoir était dur aussi contre son dos. Il eut de la peine à se relever. Une vieille femme l'aida et s'en alla sans un mot.

Du sang coulait de son nez et il sentait son visage comme aplati et tout écorché. Il rassembla ses livres et les ramassa. Il avança, encore étourdi, vers un magasin de stylos pour se regarder dans la glace de la vitrine. Il était comme il se sentait, saignant, grotesque, avec une figure boursouflée et salie.

Ça, c'est Dieu qui a voulu me punir, se dit-il. Je ne devais pas penser raconter un mensonge. Dieu n'est pas compréhensif du tout.

Il se retrouva tout petit et découragé.

Je ne peux pas y aller, se dit-il, je ne peux pas y aller comme ça.

Et, presque au bord des larmes, il fit demi-tour pour rentrer chez lui, auprès de ses parents qui l'attendaient.

XI

Le lendemain, Denis alla au collège faire sa retenue. L'après-midi était aux couleurs de son âme, pluvieux et morne. Quelques gouttes de pluie venaient par intermittence mitrailler les premières feuilles des arbres. Denis regarda un instant les arbres, dans la cour, et il écouta le bruit sec que faisaient les gouttes en tombant sur les feuilles, puis il entra dans le bureau du préfet.

— Voilà notre matraqueur, dit le prêtre.

Il prit une clef sur un tableau et, sans un mot, précéda Denis dans l'escalier. Ils montèrent ensemble au second étage. Dans le couloir, en passant, Denis jetait un coup d'œil dans les classes. Il y avait des vitres aux portes et on pouvait voir les bancs vides. Les chaires aussi étaient vides. C'était un tout autre collège que les autres jours. Denis pensa qu'il était le seul à être en retenue ce dimanche, car il ne voyait aucun élève dans les classes. Pourtant, bien que ce fût un nouveau — on ne punit jamais les nouveaux trop vite —, Debaucourt devait être en retenue lui aussi. Pierrot l'avait dit à l'étude. Pierrot avait montré Debaucourt au fond de la salle, en étendant le bras en arrière.

— Il est collé demain.

— Tu crois ?

— J'ai vu sa feuille.

— Pourquoi pas jeudi ?

— J'en sais rien. Parce qu'il a préféré que ce soit demain. Ou pour autre chose. En tout cas, c'est demain.

Et Pierrot avait baissé sa tête blonde sur son travail.

Si Pierrot avait dit que Debaucourt était en retenue, Debaucourt devait l'être. Peut-être, au troisième étage. Le dimanche, ils vous laissent seul dans une classe vide, ils vous donnent une version. Après, ils n'ont pas besoin de vous surveiller. Vous êtes avec des bancs et une chaire pour tous compagnons. Ils n'ont pas besoin de vous surveiller.

Denis ne vit pas Debaucourt à travers les vitres. Le préfet le fit entrer dans une classe silencieuse, au bout du couloir, et ouvrit un livre de latin pour lui choisir une version. Le préfet avait les cheveux clairsemés. Denis voyait son crâne un peu rouge à travers les cheveux, tandis qu'il était penché sur la table et tournait les pages une à une.

— Prenez celle-ci, dit-il au bout d'un moment.

— Bien, père, dit Denis.

Le préfet se redressa.

— Et tâchez de travailler. Sinon, vous revenez dimanche prochain.

— D'accord, dit Denis.

— Quoi ?

— D'accord pour travailler, père.

Le préfet émit quelques mots incompréhensibles et sortit gravement. Il ferma la porte de la classe et Denis écouta pour entendre si la clef tournait dans la serrure. Le préfet ne verrouilla pas la porte. Denis respira, s'étira et alla vers le tableau. Il n'y avait qu'un tout petit morceau de craie. Il le prit et dessina une tête d'homme sur la plaque noire. La tête voulait ressembler à celle du préfet. Elle ne lui ressemblait pas et Denis écrivit *Gargantua* en grosses lettres au-dessous du dessin. Il n'avait plus assez de craie, il jeta le morceau qui restait dans la corbeille à papier. Puis, il regarda de nouveau son dessin.

— C'est pas fort, dit une voix derrière lui.

Denis ne se tourna pas. Ce n'était pas la voix du préfet. C'était la voix d'un élève. Peut-être celle de Debaucourt. L'élève était à la porte et Denis ne l'avait pas entendu entrer.

— Tu fais pas de bruit, toi, pour marcher ! constata Denis, les yeux toujours levés vers le tableau.

— J'ai l'habitude, dit Debaucourt.

Denis se retourna. Debaucourt était contre un banc, les jambes croisées et les mains dans les poches de ses culottes. Ses cheveux étaient plaqués et gras, tout noirs sur son front. Son visage était marqué par les coups de la veille.

— Qu'est-ce que tu fais là ? dit Denis.

— Comme toi.

— T'es collé ?

— Oui.

— Pour la bagarre d'hier ?

Debaucourt ne répondit pas. Ils s'approchèrent l'un de l'autre.

— Eh bien, mon vieux, dit Denis, tu pourras plus dire qu'on ne t'a jamais démoli.

Debaucourt l'admit volontiers.

— C'est pas moi qui t'ai arrangé comme ça ? s'étonna-t-il.

— Non, dit Denis, mais les yeux, c'est toi.

— Je sais, je tape toujours dans les yeux.

Son sourire persistait, étrangement dur. Il devait avoir de la peine à sourire avec son visage enflé. Mais il souriait tout de même.

— Alors, dit Denis, on se serre la main ?

— Bien sûr. On peut être copains, maintenant. On est toujours copains après une bagarre.

— C'est vrai, termina Denis.

Et ils se serrèrent la main.

— Je suis au troisième, dit ensuite Debaucourt. J'étais sur le palier quand tu es monté avec le corbeau. J'ai attendu qu'il redescende pour venir te trouver.

— C'est une bonne idée, dit Denis.

Ils s'assirent ensemble sur une table et Debaucourt sortit des pièces de monnaie d'une de ses poches pour les faire sauter dans sa main.

— Tu ne m'as pas dit qui t'a arrangé comme ça.

— Devine, dit Denis.

— Un zouave.

— Mieux que ça.

— Un corbeau.

— Encore mieux que ça.

— Mieux qu'un corbeau ? Je vois pas.

Denis lui prit les pièces de monnaie. Il se mit à jouer à son tour. Les pièces faisaient un bruit sec et clair dans sa main.

— Alors, qui t'a démoli ?

— Un poteau, dit Denis.

— Un poteau ?

— Oui. Un poteau. Un réverbère, quoi.

— Tu te fous de moi ?

— Pas du tout, dit Denis. Je suis rentré en plein dedans.

— Comment t'as fait ?

— Eh bien, j'ai avancé la tête comme ça et je suis rentré en plein dedans.

— Fort ?

— Soixante à l'heure, dit Denis.

Ils rirent ensemble et Denis lui raconta son aventure de la veille. Debaucourt trouva l'histoire très drôle, et il en raconta plusieurs du même genre.

— On t'a donné une version ? demanda-t-il ensuite tandis que Denis lui rendait ses pièces.

— Oui, dit Denis, une vache.

— Il faut la faire ?

— Eh ! Sinon, on est encore là dimanche prochain.

— Sale corbeau, fit Debaucourt d'un ton mi-rageur, mi-content. Il enfonça les pièces dans sa poche.

— T'as pas l'air d'aimer beaucoup les Jèses, observa Denis.

— Que ce soit les Jèses ou autre chose, j'aime pas les curés.

— Pourquoi ? T'es pas catholique ?

— Si, dit Debaucourt. Enfin, si on veut.

— Mais t'aimes pas les prêtres ?

— Non, je peux pas souffrir les refoulés.

— Les refoulés ? dit Denis.

— Oui, les gars qui pensent à des tas de trucs dans leur lit et qui n'osent même pas se branler. C'est ça les refoulés.

— Comprends rien, dit Denis.

Il entrevoyait bien ce que voulait dire Debaucourt, mais ce n'était pas clair dans son esprit. Il détourna le regard vers une fenêtre. Il apercevait le bout d'une cour et un peu de ciel gris par-dessus.

— Qu'est-ce que tu comprends pas ? dit Debaucourt surpris.

— Rien. Qu'est-ce que c'est *se branler* ?

Le rire de Debaucourt lui fit honte. Debaucourt se moquait de lui et ne le cachait pas.

— Tu sais pas ce que ça veut dire ?

— Enfin, pas vraiment.

Debaucourt continua de rire.

— Tu es un drôle de coco, dit-il enfin.

— On peut pas tout savoir.

— Oui, mais ça !... Eh bien ! Ça, c'est... c'est... ben, c'est faire l'amour tout seul. Tu vas pas me dire que ça t'arrive pas ?

Denis resta silencieux. Il aurait eu honte de dire à Debaucourt qu'il avait peur du péché.

— Ça t'ennuie que je te parle de ça ?

Il n'osa pas paraître à nouveau ridicule. Il avait fait impression sur Debaucourt la veille, lors de la bagarre. Il ne voulait pas que Debaucourt reprenne l'avantage. Il comprenait que Debaucourt, sur ce terrain, aurait toujours l'avantage et il prit un visage tranquille pour répondre.

— Ça ne m'intéresse pas, dit-il, c'est tout.

— Dis que tu as peur. Voilà, tu as peur.

— Pas du tout, dit Denis.

— Je parie que tu te confesses tous les trois jours, hein ?

— Et après ? dit Denis.

Il pensa que Debaucourt se moquerait de lui s'il lui racontait qu'il n'osait même pas regarder les affiches de cinéma, pour éviter de mauvaises pensées à propos des filles. Sur les affiches, il y avait parfois des filles aux jupes relevées, et Denis détournait le regard en essayant de penser à autre chose.

— Ça prouve que toi aussi, tu es un refoulé, continua l'autre. Un refoulé et un puceau.

Denis chercha vainement le sens de ce mot, mais Debaucourt le lui fit comprendre aussitôt.

— Hein, que t'as jamais touché à une fille ?

— Penses-tu, dit Denis. C'est peut-être toi qui vas m'en apprendre là-dessus !

Il haussa les épaules très fort et sourit ironiquement. Debaucourt parut surpris.

— Tu as l'air tellement cloche, dit-il. On sait plus.

— Ça m'amuse de faire l'idiot.

Debaucourt sourit aussi.

— Je savais bien, dit-il. Un type comme toi c'était pas possible. Alors ? Raconte.

— Raconte quoi ? dit Denis, d'une voix bien appliquée.

— Ben... tes... enfin, tes amours. Tu as une maîtresse, je parie.

— Oh, ça va, dit Denis.

— Alors, quoi ! Je suis ton copain, non ?

— Oui, dit Denis, mais c'est pas des trucs qui se racontent.

Debaucourt se rapprocha.

— T'as pas confiance ? dit-il.

— Si, j'ai confiance. Mais j'ai pas envie d'en parler.

— Comme tu voudras. Moi je refuserais pas d'en parler si j'étais dans ton cas.

— T'es pas dans mon cas ?

— Pas pour le moment.

Debaucourt se rassit et mit ses mains sur le rebord de la table. Il regarda Denis longuement.

— Pas pour le moment, répéta-t-il.

Il avouait son désavantage. Denis sourit largement et une bouffée de satisfaction empourpra son front.

— Ça viendra, va. Ça vient toujours.

— Pas pour le moment, dit l'autre une nouvelle fois.

Denis réalisa sa force et le prestige qu'il devait acquérir aux yeux du garçon brun et bien bâti. Il lui frappa amicalement sur l'épaule.

— Il y a longtemps que tu la connais ? demanda Debaucourt.

— Pas tellement, dit Denis, un peu précipitamment, sans bien savoir ce qu'il disait.

— Je parie qu'hier soir, tu allais à un rendez-vous avec elle. C'est pas ça ? Lorsque tu es rentré dans un poteau ? Tu étais pressé, tu m'as dit. C'était pour la voir ?

— Oui, dit Denis, c'était pour ça.

— Elle est bien ?

— Très bien, dit Denis, des yeux du tonnerre.

— Oh ! Les yeux...

Debaucourt fit une moue entendue et Denis lui répondit. Denis se sentait entraîné dans un succès croissant.

— Le reste est du tonnerre aussi, dit-il.

— Elle est chaude ?

— Quoi ?

— Fais plus l'idiot. Elle aime ça ?

— Sûr qu'elle aime ça.

— Tu dois t'amuser.

Denis alla vers la fenêtre. La pluie battait tout à coup la vitre. Le préfet était dans la cour, il courait vers les bâtiments. Un soldat allemand, assis devant la porte de l'ancien réfectoire, le regardait courir en fumant une cigarette.

— Je suis embêté, dit Denis.

— Pourquoi ?

Debaucourt le rejoignit près de la fenêtre.

— J'y suis pas allé hier. J'étais trop mal arrangé. Qui sait ce qu'elle va penser ? Elle va peut-être tout oublier.

— Elle t'aimera davantage, t'en fais pas. Les femmes aiment les types qui les font poireauter. C'est une fille ou une femme ?

— Une femme, dit Denis, les yeux perdus dans la pluie.

— Jeune ?

— Assez.

— Pas trop-trop ?

— Comme ça.

— C'est le mieux, dit Debaucourt, les femmes un peu mûres, c'est le mieux. Comment elle s'appelle ?

— Clotilde, dit Denis.

Puis, n'y tenant plus :

— Tu le diras pas ?

— Promis. Quoi ?

— Tu le diras pas ? À personne ?

— Je suis pas un type à raconter les histoires des copains.

— Ça va. C'est une religieuse.

Debaucourt eut l'air plus intrigué que surpris.

— Sœur Clotilde dont parle Prieffin ?

— Tu connais Prieffin ?

— Je l'ai vu hier. Il a parlé de sœur Clotilde. C'est elle ?

— C'est elle, dit Denis.

— C'est ta maîtresse ?

— Bien sûr, dit Denis. Que veux-tu qu'elle soit ?

La pluie redoubla sur la vitre, puis faiblit brusquement. Un grand calme envahit Denis. Un grand calme et un grand froid. Il se sentait comme après avoir cassé quelque chose, mais il ne savait pas quoi. Il n'avait pas pu s'empêcher d'étonner le nouveau. Maintenant, il était malheureux.

— T'as une veine ! dit Debaucourt.

La vitre était mouillée. On ne voyait plus très bien la cour, à travers les gouttes qui coulaient le long de la fenêtre. Les arbres étaient indistincts et tristes sous le ciel. Le soldat, sur le seuil de l'ancien réfectoire, continuait de fumer. À présent, d'un coup, la pluie avait cessé.

— Il ne pleut plus, dit Denis.

XII

Sœur Clotilde attendit Denis en vain, le samedi et le dimanche. Elle resta dans sa classe, assise près de la porte, un livre fermé dans les mains. Elle patienta jusqu'à huit heures, puis se leva pour ranger le livre. Avant de descendre rejoindre ses compagnes, elle éteignit la lumière et resta assise un long moment dans le noir.

Denis n'était encore qu'un enfant. Ses jeux avaient dû le reprendre. Dans sa vie, l'amitié dénaturée d'une chiffe molle ne compterait pas beaucoup. Tout était mieux ainsi. Elle s'était si fortement attachée à lui, en si peu de temps, que c'était mieux pour tous les deux. S'il venait près d'elle, tous les soirs, comme il le faisait, ni sa foi ni sa raison ne seraient assez fortes pour l'empêcher de l'aimer davantage. Elle pensait cela et se sentait comme vide. Denis parti, il ne lui restait plus rien, plus personne. Elle redevenait la vraie sœur Clotilde, un tableau agissant, une marionnette.

Elle songea à toutes les autres religieuses du pensionnat. Certaines aussi devaient se sentir vides. Certaines aussi devaient se sentir mortes. D'autres avaient peut-être leur vie. Il faut si peu pour faire une vie. Par exemple sœur Marie-Madeleine qui était marraine de guerre d'un pupille de l'Assistance, prisonnier en Allemagne. Ou bien la supérieure qui priait continuellement. Ou bien sœur Marthe qui avait un frère. Et encore elle-même qui avait Denis.

C'est Denis qui me fait vivre. Ma mère ne m'a pas donné la vie. Elle m'a posée en face du monde et je suis restée dans les décors avec des tas et des tas d'autres, à regarder la scène sans rien comprendre. Puis il m'a fallu choisir. Mais ce n'est pas moi qui ai choisi. C'est tout mon rien qui a choisi pour moi. Je n'étais pas encore née. C'est à vingt-six ans que je m'aperçois tout à coup que je pars, que j'entrevois la lumière au bout du tunnel.

Il y a quelque chose d'arrivé. Denis est là. Je l'aime. Je l'aime. Je ne sais plus comment je l'aime, ni pourquoi je l'aime ni combien je l'aime. Mais je l'aime. J'existe. Je me sens bien. Je me sens mal. Je me crois bonne ou je me crois mauvaise, mais j'existe. Est-ce que j'avais connu le remords avant Denis ? J'aime mon remords, il est bon, comme mon amour.

Non. Mon Dieu, pardonnez-moi, je ne sais plus où j'en suis. Mon Dieu, faites qu'il revienne. Non, non. Mon Dieu, pardonnez-moi encore, je suis fatiguée, si fatiguée que vous ne me trouvez plus.

Mais pourquoi ne vient-il pas ? Pourquoi me laisse-t-il ainsi ? Est-ce que la supérieure lui a interdit de venir aussi souvent ? Non, ce ne peut pas être cela, je trouverai une solution pour le voir ailleurs qu'au pensionnat. Mais pourquoi ne vient-il pas ? Denis, je t'en prie, je t'en supplie, viens.

Non. Mon Dieu, je suis folle.

Je veux qu'il vienne. Va-t-il venir ce soir ? Demain ? Reviendra-t-il jamais ? Qui peut l'empêcher de venir ? Ses parents ? Est-il malade ? Une fille ? Non, ce n'est pas possible. Il ne pense pas aux filles. Pas encore. Oh ! Je ne veux pas qu'il y pense, jamais.

Mon Dieu, ne me punissez pas ainsi. Pas de cette façon. IL EST A MOI.

Pense à autre chose. Pense à maman. Pense au pensionnat. Henriette devrait être en retenue. Henriette ne sait jamais ses leçons. Elle ne sait jamais rien. Henriette... Pourquoi, mon Dieu, ne vient-il pas ?

Elle se leva, arrangea son voile, dans l'obscurité. En bas, elle trouva la supérieure travaillant avec deux sœurs. Elle se mêla à leur conversation, pâle en elle-même, écoutant sonner la vieille pendule dans l'entrée.

Elle se força à rire durant le dîner, écarta le visage de Denis à la chapelle, au milieu de ses compagnes. Mais le visage revint, ses yeux pensifs et noirs, sa bouche humide, les fossettes de son sourire.

Elle s'endormit très tard, après avoir prié sans penser aux paroles qu'elle murmurait sur son oreiller, commençant à pleurer, seule, dans l'ombre, les mains crispées sur son drap.

Elle fit un sommeil sans rêve et vit se lever l'aube

sur les carreaux de sa fenêtre, inquiète, décidée à ne plus le voir, prête à le supplier de revenir.

Denis ne vint pas au pensionnat de toute la semaine. Que ce fût pour son visage encore marqué ou pour ses conversations avec Debaucourt, il n'osait plus revoir sœur Clotilde. Il rentrait chez lui, le soir, sitôt après la sortie du collège. Le mauvais temps du dimanche n'avait pas duré. Le soleil était revenu et c'était vraiment un ciel de printemps qui s'étendait sur la ville.

Denis était toujours avec Debaucourt. Ils ne se quittaient plus, sauf en étude, où le garçon brun était placé au fond de la salle. Denis avait complètement abandonné Pierrot pendant les récréations et Pierrot en souffrait un peu. Mais il ne disait rien et continuait en classe de prendre les cours et de noter les devoirs de son ami.

Debaucourt n'était pas beaucoup aimé dans la division. Lorsqu'en étude il faisait du bruit, ce n'était jamais franchement et les élèves ne l'aimaient pas. Mais les conversations avec Debaucourt troublaient Denis. Elles lui paraissaient malsaines et coupables et c'était malgré tout très agréable. Denis n'avait jamais parlé de ces choses avec personne. Debaucourt fut bien surpris d'apprendre qu'il n'avait même jamais rien lu là-dessus. Ils étaient en récréation et les élèves jouaient au ballon.

— T'as pas lu *Prélude charnel* ? avait demandé Debaucourt.

— Non. C'est de qui ?

— Je sais plus. Mais c'est un bouquin marrant.

— Connais pas.

— Dommage. Tu devrais.

— Je ne connais pas beaucoup de livres. Je ne lis jamais. Mes parents ne veulent pas que je lise autre chose que Finn et Erckmann-Chatrian.

— C'est tout ?

— C'est tout. Et puis, des poésies.

— Lamartine, hein ?

— Oui.

— Pauvre type, va.

Denis fit mine de s'intéresser à un tas de pierres sur lequel avait rebondi le ballon. Il encaissa comme il faut le *pauvre type* et haussa les épaules.

— J'aime pas lire, dit-il.

— Moi non plus. Mais *Prélude charnel*, c'est marrant.

Denis pensa que s'il lisait quelque chose, ce ne serait pas spécialement cela. Il y avait d'autres livres plus importants. Il se rendait compte en bavardant avec sœur Clotilde qu'il ne connaissait pas grand-chose. Il s'était promis de combler son ignorance et il avait demandé son avis au père Prédel. Le père Prédel, son confesseur, avait réglé cela en dix secondes :

— Vos parents vous conseillent, pour vos lectures, n'est-ce pas ?

— Oui, bien sûr. Mais c'est simple, ils m'interdisent tout.

— Ils ont raison. Les lectures sont rarement bonnes pour un garçon de votre âge, elles corrompent l'imagination. Vous recevez une éducation religieuse très poussée, qui vous forme pour la vie et vous permettra plus tard, sans danger, de lire ce que l'on vous interdit à présent pour votre bien.

Denis était revenu en étude, un peu découragé. Il pensa lire en cachette, mais il faudrait acheter les livres et il n'avait pas d'argent. Il devait se contenter des ouvrages de la bibliothèque : Finn et la collection « Scouts de France ». Bien des choses lui échapperaient toujours. Ce n'était pas bon pour lui d'ignorer tout, ses conversations avec sœur Clotilde, ou même celles avec Debaucourt n'étaient-elles pas un exemple ? Tous les deux, à leur façon, le prenaient de court. Il n'était jamais averti. Et Denis commençait à penser que tout n'était pas parfait dans la grande machine à éducation établie autour de lui.

Il se rendait compte aussi que le plaisir un peu malsain qu'il prenait à bavarder avec Debaucourt n'était que la conséquence de son ignorance. Il se promit d'en parler à sœur Clotilde sitôt que son visage serait guéri, mais il continua de suivre le garçon brun partout où il allait.

Debaucourt ne racontait que des histoires qui lui étaient arrivées et la plupart aboutissaient presque toujours à ce point : les filles. Il en avait tellement connu ! Et qu'est-ce qu'il avait pu faire avec Monique, la fois où ils étaient restés trois jours ensemble à Bandol ! Debaucourt donnait des détails, sans éprouver la moindre gêne, avec un sourire entendu et des clins d'œil brillants de plaisir.

Denis fit des efforts pour réagir. Il n'osait plus aller se confesser. Le soir, dans son lit, il pensait à ce qu'il avait dit de sœur Clotilde et les mots de Debaucourt revenaient la salir. Il regrettait amèrement ce qu'il avait raconté, mais il se surprenait à espérer qu'un jour il serait réellement l'amant d'une femme. Cette femme avait des yeux très grands, très bleus, très doux dans ses songes et un visage aux lignes pures. Il rejetait aussitôt l'image de sœur Clotilde, mais elle réapparaissait lorsque le souvenir des histoires de Debaucourt venait le troubler.

Le mardi de cette semaine, Denis ne communia pas. Les élèves, dans la chapelle, sortirent de leurs rangs et marchèrent en longues files vers l'hostie que le père Prédel tendait. Denis resta seul, à son banc, debout, gêné, n'osant pas détourner les yeux de son livre de messe. Lorsque, dans la cour, le surveillant le regarda, il sentit son visage s'empourprer comme si le surveillant pouvait connaître ses mauvaises pensées et les choses de son lit.

Le soir, il essaya de prier et n'y parvint pas. Il avait soif et sortit de sa chambre dans l'obscurité pour aller boire un verre d'eau dans la cuisine. Lorsqu'il revint à son lit, ses pensées étaient toujours là, odieuses. Il dut cacher le crucifix d'ivoire dans un tiroir de sa table, pour se rassurer.

Le plus affreux, c'était après. Il se rendait compte de la complaisance avec laquelle il pensait à sœur Clotilde dans les visions qu'il inventait, et il se sentait plein de dégoût pour lui-même. Sœur Clotilde était pure et il la salissait. Mais avant, il ne pouvait penser à tout cela. Ce n'était qu'après, avec ce dégoût de tout, tandis qu'il se forçait maladroitement à dormir en murmurant des *Ave* affadis.

En fait, c'était pour cela qu'il n'osait plus aller trouver sœur Clotilde, les ecchymoses sur son visage, il le savait, n'étaient qu'une excuse. Le mercredi et le jeudi passèrent sans qu'il eût fait un pas, après la sortie, pour se diriger vers le pensionnat.

Le jeudi matin, à la messe, sentant qu'il allait encore se trouver seul à son banc, il suivit la file des élèves, le long de l'autel. Cela lui parut moins difficile qu'il ne l'avait imaginé. Il avait déjeuné en partant de chez lui et le péché, le sacrilège, était double. Il ne s'était pas confessé, il avait des péchés mortels sur la conscience, et rien n'était changé. Il avançait vers l'hostie, presque tranquille, préoccupé seulement de demeurer naturel. Ce fut simple. Il resta naturel et l'hostie eut le même goût que d'habitude. Exactement le même goût, pâteux, fade, collé contre le palais. Il revint à son banc, les yeux pieusement baissés et, comme les autres, il s'agenouilla, la tête dans ses mains, pour prier. Il ne pria pas et se persuada que ce n'était rien. Rien du tout. C'était une bonne expérience.

Ensuite, il leva les yeux et vit la statue de la Vierge. La Vierge était immobile, peinte sur du plâtre, et c'était une Vierge sans vie. Il avait un gros avantage sur la Vierge. Il vivait et elle n'était qu'un plâtre. Il vivait et il n'allait pas mourir pour autant. Il baissa la tête puis la leva de nouveau. La Vierge était toujours immobile et sans vie.

XIII

Le vendredi, après ses classes du matin, sœur Clotilde descendit avec ses élèves et les accompagna dans la cour. Elle revint ensuite vers le quartier des nonnes, pensant à Denis, se persuadant, comme elle ne cessait plus de le faire, que si elle pensait à lui constamment, très fort, ce serait comme une supplication, qu'il entendrait, de venir le soir.

Quelqu'un l'attendait sur le seuil du parloir. Une femme d'une trentaine d'années, maigre, le teint pâle et les yeux enfoncés. En la voyant, la religieuse oublia soudain que Denis n'était pas venu depuis une semaine et qu'il ne reviendrait peut-être plus. Une idée l'avait traquée ces dernières semaines, devenant plus pressante chaque soir, tandis qu'elle caressait de la main la nuque du garçon, inquiète d'entendre du bruit dans les couloirs, craignant de voir soudain la porte de la classe s'ouvrir et une de ses compagnes apparaître. Une idée l'avait traquée sans trêve et à présent qu'elle était sans objet, puisque Denis ne venait plus, Madeleine était là, dans l'entrée, qui l'attendait. Elle avança, hâtant le pas, déjà tout à son projet, réfléchissant rapidement à ce qu'elle allait dire.

— Madeleine, quelle surprise !

Son amie l'embrassa comme autrefois, pressant contre les siennes des joues osseuses. Elle n'avait pas changé depuis une année, cette longue, interminable année.

— Comment vas-tu ? dit Madeleine, l'entraînant sur un banc ciré du parloir. Je suis arrivée de Nice ce matin et la première chose que je fais est de venir te voir. Tu vas bien ? Comment te sens-tu ?

— Je suis bien, très bien. Mais raconte-moi. Tu es en ville pour longtemps ?

— Deux jours, dit Madeleine. J'ai une grande, grande nouvelle à t'annoncer. Énorme la nouvelle que j'ai là !

Elle riait, froissant sa jupe entre ses doigts, nerveuse, battant des paupières, telle qu'elle avait toujours été.

— Voyons cela, dit sœur Clotilde. Je parie que tu te maries.

— Comment as-tu deviné ?

Elle était déçue d'avoir manqué son effet. Elle reprenait son sourire aussitôt, lui tenant le bras, se balançant sur elle-même.

— Je ne tiens pas en place, dit-elle, je suis tellement heureuse. Est-ce que j'ai changé ? Je suis tellement heureuse. Je te le présenterai, lorsque tu viendras nous voir. Tu viendras nous voir, n'est-ce pas ? Je quitte Nice après mon mariage, nous habiterons le

Pas-de-Calais. Je n'ai pas changé, n'est-ce pas ? Tu as mauvaise mine. Tu ne devrais pas te surmener de la sorte. Sais-tu que tu as vraiment mauvaise mine ?

— Je suis un peu fatiguée en ce moment.

Mais déjà, elle continuait, se levant, parlant avec de grands gestes, touchant un bibelot, revenant vers sœur Clotilde pour l'embrasser.

— J'aurai une fille d'abord. J'ai toujours voulu une fille. Je suis tellement heureuse, si tu savais. Est-ce que tu pourras venir à la cérémonie ? Je ne me marie pas en blanc, mais ce sera très beau. Qu'es-tu devenue depuis l'an dernier ? Oh, sais-tu que j'ai pensé à toi lorsque nous avons décidé ça ? Tu es mon amie. Te souviens-tu d'autrefois, de La Voulte et du couvent ? Nous étions les meilleures amies du monde. Je suis si heureuse vraiment de ce qui m'arrive...

Ne savait-elle que répéter cela, qu'elle était heureuse, tellement heureuse, toujours tellement heureuse ?

— Tu es une enfant, dit sœur Clotilde, la forçant à s'asseoir près d'elle, à se tenir immobile. Tu dis trop de choses à la fois et je ne comprends plus ce que tu dis.

L'idée revenait, pressante.

— Tu vas donc habiter le Pas-de-Calais ?

— Oui, oui, oui. Je crois que j'adorerai. Jacques est ingénieur. Il est nommé à Lens. Connais-tu Lens ? Je m'y plairai certainement. Il est gentil, si tu savais, tellement gentil. Je me fais des robes. Connais-tu une bonne couturière en ville ? Non, c'est vrai ! Suis-je bête ! Je suis tellement heureuse que je perds la tête.

Viendras-tu nous voir avant notre départ ? Il faut que je te présente Jacques. Je quitterai Nice après mon mariage, en juin. Veux-tu être la marraine de ma fille ? J'aurai une fille d'abord. Est-ce que tu aimerais être sa marraine ? Tu es ma meilleure amie ! Et toi ? Comment vas-tu ? Tu ne m'as pas dit ce que tu deviens. Vraiment, je t'assure, tu ne devrais pas te surmener de la sorte.

— Je vais très bien, dit sœur Clotilde. C'est toujours pareil ici. Depuis mon arrivée, rien n'a changé.

— Es-tu heureuse au moins ?

— Certainement, dit-elle. Je suis très heureuse.

Madeleine hochait la tête, l'embrassait, parlait encore. Lorsque, enfin, elle lui laissa placer un mot, elle devait partir. Mais elle reviendrait demain.

— Veux-tu venir me voir ? Ces deux jours, j'habite dans le petit appartement, rue Woudoux. Tu sais, celui que j'avais l'an dernier. Je vais le vendre, quand je serai mariée.

— Le vendre ? dit sœur Clotilde.

C'était l'occasion ou jamais. Il suffisait d'être naturel, de trouver un motif valable.

— Pourquoi ne me le céderais-tu pas plutôt ? dit-elle, essayant de saisir l'expression de son amie.

Le visage de Madeleine était si changeant dans ses expressions que c'était inutile. Pouvait-on jamais savoir ce qu'elle pensait ?

— Le céder ? À toi ? Quelle idée ? Bien sûr, si tu le veux. Mais qu'en feras-tu ? Je ne vois pas ce que tu pourrais en faire. Et puis, il n'y a que deux pièces de rien du tout, et une cuisine. Il est si petit. À Lens, nous aurons un appartement splendide. Tu verras comme Jacques est gentil. Il ne sait que faire pour m'être agréable.

— Si tu dois laisser ton appartement, rue Woudoux, laisse-le-moi, insistait sœur Clotilde. Je te paierai un loyer, tu sais.

Madeleine haussait les épaules, riait.

— Prends-le, dit-elle, mais que veux-tu en faire ? Je me demande ce que tu peux bien en faire ?

Sœur Clotilde l'attira près d'elle.

— Je pourrais y donner des leçons, gagner un peu d'argent. J'ai honte d'avoir besoin de mes parents pour mes achats.

Puis, aussitôt :

— Sais-tu que j'achète un tas de livres ? Bien sûr, je n'y habiterais pas, mais maman pourrait venir de temps en temps de Lyon et y habiter. Je la verrais plus souvent, tu comprends. C'est surtout pour ça. Je t'en prie.

Madeleine l'interrompait d'un geste, souriait.

— Bon, bon. Prends-le et n'en parlons plus. D'ailleurs, je n'ai pas du tout envie de faire des démarches pour le vendre. Je n'aurais jamais dû l'acheter. Oh ! et puis, oui, si cela te fait plaisir. Est-ce que cela te fait plaisir ?

— Tu ne peux pas savoir. Tu es ma meilleure amie.

— Bon, bon, dit Madeleine. Il y a un tas d'affaires partout, tu sais. Tout est en désordre. Tu me connais, je suis tellement désordonnée.

— Ne te fais pas de souci. Je mettrai de l'ordre. Je n'aurai besoin quc d'une pièce de toute façon.

— Entendu. Il y a des affaires plein les armoires. Je te les laisse. Jette-les par les fenêtres si tu veux. Je suis tellement désordonnée. Te souviens-tu comme j'étais désordonnée au couvent ? Oh ! il faut que je parte. Il faut que je parte vite.

Elle l'embrassait, lui secouant les mains.

— Viendras-tu demain ? dit-elle. Tu devrais venir. Peux-tu venir demain soir ? Viens demain soir. Je t'attends, n'est-ce pas ? Je te montrerai le modèle de ma robe, celle que je porterai à la cérémonie.

Sœur Clotilde la retint, pour être bien sûre qu'elles étaient d'accord. Cela avait été si facile, si rapide vraiment.

— Entendu. Entendu. Viens demain et je te donnerai une clef avant de partir. Mais dis donc, ma sœur, tu n'auras pas d'ennuis avec ta supérieure ?

Comment la supérieure pourrait-elle savoir ? Elle savait si bien mentir et dissimuler à présent.

— Non, je m'arrangerai, c'est maman qui prendra la responsabilité de cette idée.

— Bon, bon, dit Madeleine, l'entraînant, sortant du parloir, l'embrassant encore sur le seuil, je t'attends demain, n'est-ce pas ? Je suis si heureuse de te voir. Je suis toujours si heureuse. N'est-ce pas, que j'ai beaucoup de chance ? Je crois que j'ai une chance énorme. Comment me trouves-tu ? J'ai vraiment beaucoup de chance.

— Tu es très bien, dit sœur Clotilde, tu as l'air très heureuse.

Madeleine s'en alla, se retournant à chaque pas, agitant la main, et la religieuse, debout contre la porte, s'efforçant de dissimuler sa joie, l'entendait encore dire, très bas dans ses oreilles, qu'elle était tellement heureuse.

Va, Madeleine, enfant sans cervelle, toujours sautillante sur ton bonheur, va.

Oh, Denis, pourquoi ne reviens-tu pas ? Seras-tu là ce soir ? Sais-tu que je n'ai plus honte de mon amour ? Sais-tu que tout va bien pour nous, que tout s'arrange ?

Madeleine disparue, elle demeura là, son ombre cassée par les escaliers de pierre, pensant à lui, dans le petit appartement, hors du monde, tel qu'elle le verrait, tel qu'elle aurait aimé le voir. Et s'il ne venait pas ce soir ? Et s'il ne venait plus ? Mais elle irait à lui, oui, elle irait le jour même. Elle pourrait l'attendre à la sortie du collège. Elle ne corrigerait pas ses copies, voilà tout. Elle irait à lui, elle le verrait ce soir.

Était-il possible de ne pas trembler, de ne pas tituber en marchant quand tant de joie cognait dans sa poitrine ? Était-il possible qu'elle restât sans crier, sans tomber, alors qu'elle pensait à cela, surprise au même instant de ce geste instinctif qui redressait un pli de son voile, à défaut d'une mèche de cheveux ? Elle le verrait ce soir !

Lorsque Denis, dans les rangs, sortit des bâtiments, avec les autres élèves, la première personne qu'il vit fut la religieuse, debout, près du portail noir où sa robe faisait tache. Elle était à trente pas de lui, parmi d'autres gens qui attendaient, ils étaient séparés par toute la cour d'entrée, mais il sentit en elle le même désarroi que le sien. Continuant d'avancer vers elle, avec les rangs, il détourna les yeux pour ne pas défaillir. Les élèves se dispersèrent au signal du surveillant, se mirent à courir dans tous les sens, criant, gesticulant, heureux de s'ébattre après une trop longue étude. Denis souhaita que Debaucourt n'eût jamais existé, qu'il fût mort, plus mort que mort, enfoui à mille lieues sous terre. Mais le nouveau lui frappait déjà sur l'épaule, un sourire déplaisant sur son visage hypocrite.

— Tu as vu ? dit Debaucourt. Elle est là !

Denis serrait les poings. La peur d'être livide empourprait ses joues.

— J'ai vu, bien sûr que j'ai vu.

— Tu n'y vas pas ? Il faut y aller, mon vieux.

— Oh, je sais bien ce que j'ai à faire ! J'ai bien le temps de la voir ! Et dans sa chambre encore !

Ne fallait-il pas malgré tout sauver la face ? Il se trouva encore plus malheureux après cette phrase, mais il avait dit ce qu'il devait dire. C'était bien. Debaucourt haussait les épaules, regardant la religieuse, et son sourire persistant lui donnait un visage stupide, convulsé. Denis le prit par le bras, l'entraîna vers les cours de récréation, puis, changeant d'avis, vers un groupe de filles qui attendaient la sortie des « première division ». Ils franchirent le porche ensemble et Denis passa devant la religieuse sans un tressaillement, les poings serrés, les yeux fixés sur les filles. Avant tout, que Debaucourt ne pût s'approcher de sœur Clotilde et découvrir sa fanfaronnade du dimanche précédent. Avant tout, sauver cela, ou Debaucourt ne manquerait pas d'en faire des gorges chaudes dans la division. Il s'arrêta devant la plus grande des filles, étouffante d'eau de Cologne et d'un parfum lourd, sucré, qui lui donnait la nausée. Il lâcha le bras de Debaucourt à ses côtés.

— Vous attendez quelqu'un ? dit-il.

Il se forçait à lancer un clin d'œil à son compagnon.

— Bien sûr que j'attends quelqu'un, dit la fille. Et vous n'avez pas intérêt à rester là, « il » est très susceptible.

— Ne vous énervez pas, dit Denis. Je voulais seulement entendre votre voix.

Elle haussa les épaules, tourna la tête vers une de ses amies.

— Ces gosses ! dit-elle. Ils se croient tout permis.

— Il est tout de même bien joli, le gosse, dit l'amie. Il est minou tout plein.

Les autres filles se rapprochaient de lui, en demicercle, se tenant par le bras et riant comme des folles.

— N'est-il pas joli ! dit celle qui venait de parler. Regardez-moi ça. Dieu, qu'il est minou ! Tu es libre ce soir, mon chéri ?

Denis se mit à rire avec elles, à rire tout ce qu'il pouvait. Il tourna la tête malgré lui et ne la vit plus, debout, contre le portail noir. Des élèves sortaient en courant du collège, et il cessa de rire, brusquement, regardant de tous côtés, mais elle n'était plus là.

Il vit toutes ces idiotes qui continuaient de rire et qu'il ne comprenait plus.

— Non, dit-il, je ne suis pas libre ce soir.

Il avait eu la phrase dans l'esprit avant de regarder le portail et elle sortit, mot à mot, sur un ton uniforme et bas.

— Qu'est-ce qu'il a ? dit la fille qui avait parlé.

— Qu'est-ce que tu as ? dit Debaucourt.

Il fit un effort, retrouva son sourire, se baissa en une longue révérence, ôtant d'un grand geste un chapeau invisible, avec l'élégance d'un mousquetaire du roi.

— Je vous salue, demoiselles, dit-il, mais le devoir m'appelle vers d'autres cieux.

Puis, il toucha le bras de Debaucourt, interrompant ses questions, et lança un retentissant « à demain ». Il se mit à courir le long de la rue, sans entendre leurs plaisanteries.

— Est-ce que c'est d'autres cieux ou d'autres yeux ? criait une fille.

— Ces gosses, tout de même ! dit une autre. Déjà aussi lâcheurs que les hommes. À quinze ans, ils vous lâchent au trot, à seize, ils vous lâchent au galop. Et plus ils vont, plus ils vous lâchent vite !

— Il n'en a que quatorze, dit Debaucourt.

Il mit les mains dans ses poches, haussa les épaules et s'en alla.

Elle n'était pas sur le trottoir, au terminus, et il prit un tramway en marche. Il n'y avait que des élèves du collège dans la remorque où il était monté. Il traversa l'allée centrale de la voiture, se plaça sur la plate-forme avant, les mains sur les barreaux de la portière. Il pouvait voir une plate-forme de la voiture motrice.

Elle n'y était pas. Peut-être était-elle assise ? Peut-être était-elle à côté du wattman ? Il appuya sur le bouton d'arrêt. À la première station, il sauta sur le trottoir, courut le long de la voiture, regardant au passage les gens assis.

Il dut pâlir en l'apercevant, debout contre une vitre, le dos tourné. Il monta, s'approcha d'elle tandis que le tramway repartait. Deux hommes bavardaient sur la plate-forme et il s'excusa pour passer. Il vit qu'elle tressaillait en entendant sa voix. Il se plaça près d'elle, le front appuyé contre la vitre. Elle ne le regarda pas. Elle pleurait, sans essuyer les larmes qui tachaient son visage. Il trembla en parlant, d'un tremblement qui lui semblait nouveau, effrayant.

— Ne pleurez pas, dit-il très bas. Oh, je vous en prie, ne pleurez pas.

Ne sachant que faire, il sortit un mouchoir, le roulant pour présenter un coin propre, le lui mit dans la main. Elle essuya ses yeux, ses joues, continua de pleurer.

— Ne pleurez plus, répéta-t-il en glissant un regard vers les deux hommes en train de parler. Ne pleurez plus.

Allait-il s'arrêter de trembler ?

— C'est à cause de moi, dites ? C'est à cause de moi ?

Elle essuya ses yeux une dernière fois, tandis que le tramway stoppait à une station. Elle regarda la rue, prit brusquement sa main pour l'entraîner. Elle le lâcha aussitôt et il la suivit. Ils descendirent, marchèrent dans une rue, côte à côte. Elle se taisait, regardant le sol devant elle.

— Ne m'en veuillez pas, disait-il.

Elle secouait légèrement la tête, sans un mot. Elle s'arrêta devant une église, au bout de la rue. L'église était blanche, propre, construite sans doute depuis peu. Elle monta les marches de pierre, entra dans la nef. L'intérieur paraissait vide malgré les bancs et les effigies d'un chemin de croix. Pas de piliers, pas de statues, pas d'ex-voto. Denis entra derrière elle, se signa comme elle. Cette église ne ressemblait pas du tout à une église. On n'y trouvait pas ce silence où les pas résonnent et qu'on n'ose troubler. Il s'agenouilla près d'elle, au fond de la nef.

— Dites quelque chose. Je vous en prie, dites quelque chose. Je ne veux pas que vous m'en vouliez. Je veux rester avec vous.

Elle avait cessé de pleurer. Il ne tremblait plus en parlant. Sans quitter l'autel des yeux, elle attira Denis contre elle par les épaules. Il embrassa sa joue, laissa ses lèvres sur sa peau. Alors elle prit son visage dans ses mains et le regarda enfin. Il vit que ses yeux n'avaient plus la même couleur, ils étaient sombres, presque noirs. Son regard aussi avait changé. Elle dit : « mon chéri », très doucement, puis le reprit dans ses bras, toujours à genoux, et murmura quelque chose qu'il ne comprit pas. Elle parcourut son front, ses joues, de ses lèvres, jusqu'à ce qu'elle sentît l'humidité de sa bouche.

Avait-elle vraiment voulu cela ? Ses lèvres avaient glissé le long du visage de Denis, étaient passées sur les siennes, sans qu'elle se rendît compte de ce qu'elle faisait. Mais l'enfant, au même instant, passait ses bras autour de son cou, gardait sa bouche qu'elle n'essayait même plus d'éloigner.

Elle sut, à ce moment, qu'au fond de son cœur, tout était décidé depuis longtemps. Ce baiser — pouvait-elle encore se mentir ? — elle n'avait fait que le désirer des jours et des jours, désirant les lèvres de ce baiser, et les bras autour de son cou, désirant le visage de Denis près du sien, et ses yeux clos, et son visage perdu, délicieusement perdu, et désirant Denis lui-même, plein de toute une tendresse inconnue.

Lorsqu'il s'écarta, elle était pâle, le voile un peu défait, et il éprouva une sorte d'affolement, de vertige. Il n'y avait qu'elle, sans doute, qui pût comprendre. C'était aussi son premier baiser, le seul qu'elle eût jamais reçu. Elle le berça doucement, et peu à peu cela passa. Il se pressa plus fort contre elle et lui dit qu'il l'aimait — oh, qu'il l'aimait, oui, plus que tout. En même temps, il reprenait sa bouche, couvrait à son tour son visage de baisers, étonné de se sentir fort tout à coup, étonné du mouvement de ses propres mains sur les épaules de son amie.

Une femme entra et ils s'écartèrent l'un de l'autre, sans un mot, le visage tranquille. Lorsque la femme s'en alla, après une longue prière, il se rapprocha de sœur Clotilde, il prit sa main.

Elle ne pouvait pas sourire, mais il savait qu'elle ne regrettait pas. Il savait qu'elle était heureuse. Elle dit doucement :

— Sortons d'ici.

Elle semblait se rendre compte pour la première fois qu'ils étaient là, tous les deux, assis l'un contre l'autre, dans une église glaciale de netteté. Elle se leva, arrangea son voile.

Il restait assis et elle se pencha vers lui, visage grave, reprenant sa main pour le faire lever.

— Tu viens ?

— Dis-moi, avant...

— Quoi, mon chéri ?

— Dis-moi que c'est bien vrai.

— Je t'aime, mon chéri.

— Comme avant ?

— Non, pas comme avant.

— Plus qu'avant ?

— Plus, beaucoup plus.

— Pas de la même façon ?

— Non, pas de la même façon. Je t'aime. Je suis folle, mais je t'aime. J'étais trop malheureuse, tous ces jours sans toi.

— Encore, dit-il.

— Je t'aime. Pourquoi n'es-tu pas venu ?

— Encore. Je t'expliquerai.

— Je t'aime. Je n'aimerai jamais personne comme je t'aime. Et ces filles à la sortie, ce soir ?

— Encore. Je t'expliquerai.

Elle l'embrassa doucement sur les lèvres, penchée sur lui.

— Allons-nous-en, dit-il. Tu es bien ? Je ne te dis plus vous à présent, n'est-ce pas ? Je suis idiot ! Est-ce que tu es bien ?

— Je suis bien, pour le moment, mais il faut rentrer. Je dois être terriblement en retard.

Ils sortirent, prirent un tramway, calmes, étrangement calmes en dehors et impatients, tristes en dedans. Ils descendirent ensemble, devant la rue du pensionnat, et se quittèrent sur le trottoir. Ils se serrèrent la main, un sourire aux lèvres de pure politesse.

— Je t'aime, dit-elle, je ne vais plus que penser à toi. À demain, promis ?

Elle se souvint de Madeleine.

— Oh, dit-elle. Retrouve-moi au 16 de la rue Woudoux.

— Pourquoi ?

— Je t'expliquerai. Au 16. Devant la porte. Tu sais où est la rue Woudoux ?

— Je sais, dit-il, je peux y être vers sept heures.

Ils s'écartèrent l'un de l'autre, comme étrangers. Il lut sur ses lèvres :

— Je t'aime, je t'aime, je t'aime.

Il ne dit rien. Il était triste.

Sur le bureau, des livres. Assis au bureau, Denis. Pierrot derrière Denis. L'étude et la pendule, et les aiguilles dans la pendule et l'heure qui n'avance pas.

— Tu as l'air content, dit Pierrot, tout bas.

— Je suis content.

— Pourquoi n'es-tu plus mon ami ? Est-ce que je t'ai fait quelque chose ?

— Non, dit Denis. Je suis toujours ton ami. Tu le sais bien.

Et la voix du surveillant :

— Leterrand, c'est fini ces bavardages ?

— Tu n'as rien contre moi ? murmure Pierrot.

— Rien, je t'assure.

— Tu veux ma version ? Tu n'as rien fait depuis le début de l'étude.

— Passe ta copie.

Une copie qu'on passe, et le visage de Pierrot, tellement pur, tellement pur. Et l'heure qui n'avance pas.

Rue Woudoux, sept heures.

Elle l'attend dans la rue devant la porte du seize. Ils montent ensemble.

Et les bavardages de Madeleine, des bavardages sans reprendre le souffle. Ne va-t-elle pas s'étouffer en répétant qu'elle a beaucoup de chance et que son Jacques est si gentil ? Après vingt minutes de ce monologue, ils peuvent s'en aller.

Rue Woudoux, boulevard Carnot, le Rond-Point, le boulevard Mérimée, des pas et des pas.

— Ce sera mieux, n'est-ce pas ? dit-elle.

— C'est incroyable, dit Denis. Mais si la supérieure savait ?

— Comment ça ?

— Et si ton amie se doutait de quelque chose ?

— Comment ça ?

— Ne pourrais-je pas seulement te prendre la main ?

— Non, mon chéri, pas dans la rue.

— Est-ce que demain je pourrai être tout près de toi, dis ?

— Tu pourras, mon chéri.

— Est-ce que tu m'en veux pour hier soir ?

— Non, mon chéri, mais je ne veux plus que tu parles à une fille. Cela m'a fait tellement mal.

— Je ne parlerai plus à aucune fille. Est-ce que la supérieure ne t'a pas posé de questions sur moi ?

— Beaucoup, mon chéri.

— Tout est bien ?

— Tout est bien. Ne me parle pas ainsi ou je vais me jeter à ton cou.

— Je vais continuer.

— Continue.

Et Denis, ce soir, tout seul, dans sa chambre, la nuit claire sur sa fenêtre, a rêvé d'un pays étrange où nul n'est jamais allé. Et ce soir, Denis, tout seul dans sa chambre, a rêvé mille rêves. Et le lendemain, la clarté de ce dimanche l'a éveillé sans le tirer de ses rêves. Et la matinée de ce dimanche a été longue, si longue en pensant à l'heure qui venait.

Et Denis a couru dans le soleil, cet après-midi-là. Il a couru dans les rues, il a monté des escaliers quatre à quatre, il a sonné à une porte. Et son rêve est venu lui ouvrir.

XIV

Quand il sonna, elle ne l'attendait pas, il avait près d'une heure d'avance sur leur rendez-vous. Elle avait ôté sa robe et son voile, passé un tablier de Madeleine sur sa chemise de toile blanche qui lui arrivait aux genoux. Elle frottait, pieds nus, le carrelage de la cuisine. Le timbre de la porte d'entrée lui fit l'effet d'une secousse électrique dans tout le corps.

Enlevant le tablier, s'essuyant les mains, elle alla sans bruit dans le vestibule, s'affola, s'écarta vers une chambre pour reprendre ses vêtements. Il sonna une seconde fois, longuement, si longuement qu'elle imagina des voisins qui s'étonnaient, le surprenaient sur le palier, demandaient des explications. Elle ouvrit la porte, attrapa Denis par un bras, le tira de toutes ses forces à l'intérieur et referma. Ce fut si vite fait qu'ils en restèrent tous les deux suffoqués.

Il portait un complet de tweed clair, qu'elle ne lui connaissait pas, à points bleus et noirs, retaillé — il devait le lui dire — dans un vêtement de son père, et la première surprise qu'elle eut, pieds nus sur le tapis, c'est qu'il était plus grand qu'elle de tout le front, si grand, si élancé, tout à coup, que c'était à le croire poussé en une nuit. Lui qu'elle n'avait jamais vu que le col de chemise ouvert, sur un éternel pull bleu marine, il s'était même mis en frais d'une cravate — également héritée de son père — en tricot rouge et vert, attendrissante, affreuse.

Ils ne pouvaient ni l'un ni l'autre dire un mot. Denis non plus ne la reconnaissait pas, et ce fut à travers sa surprise à lui, comme par ses yeux, qu'elle reprit conscience de sa tenue, de ses cheveux courts. Le cœur lui manqua, elle recula d'instinct, buta contre un mur, la main droite sur la tête, horrifiée, implorant :

— Ne me regarde pas !

Elle cacha son visage dans ses mains pendant plusieurs secondes, muette, et Denis ne savait plus s'il devait aller vers elle ou s'enfuir. Elle avait les cheveux d'un blond très clair, légers, bouclés, les jambes longues, et ainsi, en grossière chemise, elle semblait plus mince, plus jeune, fragile comme une adolescente.

Quand elle leva les yeux, il n'avait pas bougé. Elle le regarda en face, baissant les bras, visage grave, avec un mouvement de tête résolu, comme un petit soldat. Puis elle tendit la main et dit :

— Viens, arrête de me regarder comme ça.

Elle le fit entrer dans une pièce, qui n'était pas celle où Madeleine les avait reçus la veille. Les murs étaient blancs, sans autre ornement qu'un miroir rond, entouré de bois doré, brisé en cent éclats dans son cadre. Les meubles étaient sombres, bien cirés. La robe et le voile de la religieuse gisaient sur le bras d'un fauteuil. Sans plus paraître se préoccuper de sa tenue, elle débarrassa ce fauteuil pour le faire asseoir.

— Tu as tout arrangé ? dit Denis.

— Tout ? Que veux-tu dire ?

— Enfin, tu as mis de l'ordre ? C'est toi qui as mis de l'ordre ?

— Oui, c'est moi. Bien sûr.

— Qu'avais-tu compris ? dit-il.

— Rien, je t'assure. Rien du tout.

Il restait debout, bras ballants.

— Assieds-toi, je t'en prie. Ne me regarde pas ainsi. Je n'avais jamais remarqué comme tu es grand. Tu es si — elle cherchait le mot, elle levait à nouveau une main pour cacher ses cheveux — tu es si *vivant*, c'est incroyable.

Elle essayait de sourire, détournait les yeux, puis brusquement elle s'écartait :

— Assieds-toi. Ne bouge pas. J'ai trouvé des biscuits à la cuisine, et...

— Je n'ai pas faim, dit Denis.

— Alors, du chocolat. Je te fais du chocolat.

— Non, reste avec moi, ne t'en va pas.

Et soudain elle était dans ses bras, tiède et douce contre lui, il l'embrassait comme la veille, lèvres brûlantes, et elle murmurait contre sa bouche :

— Mon chéri, mon chéri, Denis, dis-moi que tu m'aimes, oh, dis-le-moi encore, tout cela est si étrange, je ne peux pas t'expliquer...

Elle pensait : *tout cela est si vulgaire.* Mais non, ce ne pouvait pas être vulgaire quand il s'agissait d'eux, ensemble. Elle sentait son cœur battre à grands coups, ou bien alors c'était le cœur de Denis, elle ne savait plus. Elle aurait voulu connaître les gestes qu'il faut faire, les mots qu'il faut dire — il devait certainement y avoir des gestes, des mots, pour les autres. Il eût été moins dérouté. Était-ce déroutant, était-ce vraiment vulgaire ? Le désir de cette nuit sans sommeil s'était enfui. Elle avait peur, trop peur pour éprouver le moindre désir, et quand son regard accrocha, par-dessus l'épaule de Denis, le lit qui se trouvait dans la pièce, un affreux lit de fer, plein de barreaux, elle sut qu'elle avait peur, non pas d'être à lui, mais des cinq ou six pas effroyables qu'il leur faudrait franchir, peur que par ignorance ce ne soit quelque chose de laborieux, de laid, qui dégraderait leur amour.

Sans doute, les garçons, eux, devaient savoir ces choses de toute éternité, car Denis, s'écartant, se montrait plus à l'aise qu'elle, ou plus courageux, ou simplement plus malin :

Il dit avec un enjouement subit, en prenant sa main :

— Fais-moi visiter ce bazar !

Elle lui montra la cuisine, la salle de bains, l'autre pièce en désordre. Au passage, il rafla un biscuit, but deux gorgées à un robinet de lavabo, enleva sa veste pour lui couvrir les épaules. Il tenait toujours sa main, c'était chaud et rassurant.

Quand ils revinrent dans la chambre, il se laissa tomber dans le fauteuil. Elle passa derrière lui, l'entoura de ses bras, son visage contre le sien, et la veste glissa par terre. Ils restèrent immobiles plusieurs minutes et puis elle dit, très bas, juste assez fort pour qu'il pût l'entendre :

— Malgré moi, j'ai imaginé cent fois, tu comprends... C'était tout simple... Mais je ne sais pas, je ne sais pas...

Une voix lamentable.

— Veux-tu que je m'en aille ? dit Denis.

— Oh non ! Surtout ne fais pas ça !

— Allons nous promener, alors. Allons n'importe où. Je veux que tu sois bien.

Elle restait penchée sur lui, son visage contre son visage, embrassant sa joue.

— Je suis bien. Je t'aime. Parle-moi.

— Elle est partie où, ton amie ?

— À Lens.

— Qui a cassé le miroir, là ?

Elle leva la tête, regarda. Elle rit.

— C'est moi, tout à l'heure, avec le balai. Je ne fais attention à rien depuis hier soir.

— C'est très joli, dit Denis.

Elle alla vers le miroir, à côté du lit (voilà, ce n'était que cinq ou six pas, rien d'autre, elle les avait faits sans même se rendre compte) et elle se vit dix fois reflétée dans les éclats de verre. Elle dit, d'une voix qui tremblait un peu, qu'en effet, c'était joli. Près du sien, plusieurs visages de Denis apparurent, puis plusieurs mains de Denis, qui s'approchèrent lentement, avec précaution, de ses cheveux courts.

Ils restèrent silencieux longtemps, allongés l'un contre l'autre, elle, les yeux fermés, Denis embrassant son cou, ses épaules.

— Ouvre les yeux.

Elle les ouvrit. Ils se regardèrent, tout près, puis elle eut honte, elle les referma. Il embrassa ses paupières, deux fois chacune.

— Tu regrettes ? dit-il. Dis-moi que tu ne regrettes pas.

Ses yeux immenses, clairs, sans fond.

— Non, je ne regrette pas. C'était si doux d'être avec toi. Si gentil. Tu sais quoi ? C'est ce que j'ai eu de plus gentil dans ma vie.

Il la serra dans ses bras, riant, l'obligeant à basculer sur lui. Elle riait aussi, elle disait :

— Tu me fais mal !

— Tu vois. Ce n'est pas gentil, puisque je te fais mal ! (Immobile :) Tu as eu mal tout à l'heure.

— Même si j'avais mal, c'était gentil. Et puis, tes mains sont gentilles. Et tout toi, c'est gentil. Tu sais quoi ? Non, c'est effrayant ce que je vais dire. Non.

— Dis-le.

— Alors, tourne-toi.

Il se releva sagement, s'assit sur le lit, et elle se releva aussi, se glissa derrière lui, visage contre son dos nu. Elle ne dit rien. Elle l'embrassait.

— Alors ?

— Non. Je ne peux pas.

— Dis-le ! Qu'est-ce que tu voulais dire ?

— Ton sourire. Tes mains. Voilà.

— Voilà quoi ?

— Je ne pourrai jamais plus les regarder sans penser à ça. Plus jamais.

Il se retourna, il la reprit contre lui. Il pensait tout

à coup — c'était incompréhensible — à sa chambre, chez lui, au lézard empaillé, aux coquillages dans la boîte à cigares. Il ne voulait pas y penser. Quelque chose alors lui tournait sur le cœur. Elle sentit tout de suite qu'il n'était plus tout à fait le même.

— Tu es fâché ? Tu m'en veux de ce que j'ai dit ? C'est ça, tu m'en veux de ce que j'ai dit ! Tu ne m'aimes plus !

— Mais si, je t'aime. Je t'aime plus que n'importe qui, et plus que ça encore. Je t'aime.

— Ne bouge pas, reste près de moi.

Il laissa son front sur ses seins nus, vit ses jambes longues et blanches près des siennes, son ventre plat, sa chemise froissée sur le lit.

— Ce soir, sans toi, dit-il, je ne pourrai plus croire que c'est vrai. Tu me fais l'effet d'être une autre. Je veux dire, tu n'as pas l'air du tout de...

Elle mit une main sur sa bouche.

— Ne le dis pas.

Elle attira son visage, l'embrassa, yeux grands ouverts.

— Je voudrais rentrer, dit-il. Je ne sais pas ce que j'ai, mais ça va passer. Il faut seulement que je rentre.

Elle fit oui de la tête, inquiète, mais quand il voulut s'écarter, elle le retint encore.

— Tu reviendras, dis ?

— Quand ?

— Jeudi ?

Il promit. Elle parut encore plus inquiète :

— Tu n'auras pas envie de me voir avant ?

— C’est toi qui dis jeudi. Moi, je veux bien venir demain, après-demain, quand tu veux.

— Alors demain au pensionnat.

— Je peux venir ici, tu sais.

— C’est moi qui ne pourrai pas. Je n’aurai pas de raison à donner. Aujourd’hui, je vois Madeleine. Elle est censée ne partir que ce soir.

— Bien.

— Tu es fâché ?

— Non, dit Denis, je ne pourrai jamais être fâché avec toi. C’est simplement que je voudrais rentrer.

— Tu vas rentrer, dit-elle. Mais je t’en prie, embrasse-moi.

Il se pencha sur sa bouche, murmura qu’il l’aimait, l’embrassa. Elle était malheureuse d’avoir pris goût à ses baisers, de les désirer ainsi. Mais quand il fut parti, qu’elle resta droite dans sa longue robe, sans son voile, contre la porte refermée, ce fut pire encore. Et même, elle n’avait jamais rien connu de pire, ni ne le connaîtrait jamais, que cet instant où tout était contre elle, le vide de son départ, l’impatience de le revoir, le sentiment de l’avoir perdu, le regret de tout ce qu’elle avait pu dire ou faire, l’appréhension de rentrer au pensionnat, la certitude d’être damnée et de l’avoir damné avec elle, tout, Dieu, Denis, tout.

Ne plus penser à cela. Ne pas voir ces gens dans la rue, retrouver sa chambre, seul.

Ne pas embrasser maman, ne pas regarder maman, seul.

Ne pas aller à table, dire qu'on a dîné chez tante Juliette, qu'on a sommeil, seul.

Dormir.

Le mois d'avril est un mois merveilleux. Les arbres sont verts, le soleil les dore d'une luminosité chaude. Les gens marchent plus lentement et il y a beaucoup de monde à la terrasse des cafés. Déjà, quelques rares baigneurs se promènent en maillot sur les plages et font des brasses rapides dans l'eau.

Désir de Denis. Désir de l'embrasser, de le cajoler, d'être à lui. Désir de le voir, de l'entendre rire, de l'entendre se raconter leur amour. Rire, parler, bouger, avec cette vivacité d'enfant heureux. Le remords, un pincement au cœur. Le bonheur, mon cœur contre ton cœur. Loin de toi, mon cœur dans la nuit. « Mon Denis, mon ange, lui dit-elle une fois, je ne veux plus me moquer jamais des poésies pour cartes postales, ni des chansons d'amour ni des cœurs gravés sur les arbres, je le sais maintenant, c'était nous. »

La lassitude, la tristesse du premier soir, avec cette sorte de dégoût de lui-même, restèrent pour Denis incompréhensibles. Sans doute, était-ce comme cela que les choses se passaient pour tout le monde. Ensuite, l'amour redevenait aussi pur que le ciel. Elle avait des élans merveilleux vers lui, des abandons dont il se rappelait la tendresse à chaque instant, de sorte qu'en classe, ou chez lui, il avait toujours l'air d'être ailleurs. Son père disait : Denis de la Lune. Très vite, il se surprit, devant ses camarades, à dire

« Tu sais quoi ? » comme elle, et, pour expliquer quelque chose, à cadrer le vide entre ses mains.

Et ce mois d'avril passa, et les baigneurs sur la plage devinrent plus nombreux, et plus nombreuses les feuilles sur les arbres.

Le surveillant changea en troisième division. Les classes devinrent plus calmes, et plus calme devint Denis.

Dieu est-il mort ? Y a-t-il quelqu'un d'autre que nous ? Nous deux ensemble ? Dieu est mort. Il n'y a personne d'autre que nous.

XV

Un matin de la fin avril, Debaucourt alla s'asseoir, en classe, à côté de Prieffin. Depuis un certain temps, on voyait souvent Prieffin et Debaucourt ensemble. Ramon revint près de Denis. Le père Bellon ne dit rien et Ramon resta là, les coudes sur la table.

— Riche idée qu'il a eue de s'en aller, dit Ramon.

— Qui ? demanda Denis.

— Debaucourt, tiens.

— Ah. Je me demande pourquoi il a changé de place.

— C'est Prieffin qui l'intéresse maintenant.

— Pourquoi maintenant ?

— Parce qu'avant c'était des autres. Avant c'était toi. Vous aviez l'air de deux filles.

— Tu veux que je te démolisse ? dit Denis.

— Oh, ça va. Je dis pas ça pour te mettre en boule. T'as un sale caractère.

— Pas du tout, dit Denis.

Il regarda Debaucourt, puis se tourna vers la chaire, le menton dans ses mains.

— Qu'est-ce que tu en penses, de Debaucourt ? murmura-t-il.

Pierrot se rapprocha. Pierrot était intéressé.

— J'en sais rien, dit Ramon.

— Allons, fit Pierrot. Dis-le-lui. Autant qu'il le sache.

— D'accord, dit Ramon.

Il sourit à Pierrot et mit ses poings devant sa bouche pour parler. Après, il garda les yeux fixés sur la chaire, l'air d'écouter Napoléon.

— Tout le monde pense que Debaucourt est un sale type, dit-il. On était bien ennuyé que tu sois avec lui.

— Pourquoi ? dit Denis.

— À cause de ses idées.

— Quelles idées ?

— Tu le sais bien. Ses idées bizarres. Il t'a pas encore demandé d'aller aux cabinets avec lui ?

— Non, jamais.

— Il l'a demandé à Cossonier, l'autre fois. Cossonier l'a rondement envoyé balader.

— Ah, dit Denis. Et alors ?

— Il l'a demandé aussi à Pierrot.

— Non ? dit Denis.

Il se tourna vers Pierrot et Pierrot baissa la tête en signe d'assentiment.

— Il me l'a demandé, dit Pierrot. Et je l'ai envoyé balader. T'es sûr qu'il t'a pas demandé une chose comme ça ?

— Non, dit Denis. Et puis, qu'est-ce qu'il voulait faire aux cabinets ?

— Tu comprends pas ? dit Ramon.

— Je me trompe peut-être.

— Debaucourt est un sale type, dit Ramon. Tu te trompes sûrement pas.

— Dis toujours ce qu'il voulait faire, coupa Pierrot, peut-être qu'il ne voit pas bien.

C'était difficile à dire et Ramon prit son temps. Il passa son pouce sur ses lèvres et réfléchit. Le père Bellon continuait sa classe et Denis avait l'air de lui prêter attention. Ramon se tourna un peu vers lui.

— Il voulait faire de vilaines choses aux cabinets, dit-il enfin. Il pense que c'est mieux de les faire à deux.

— T'as compris ? demanda Pierrot, les yeux sur son cahier.

— Je suis pas bête, dit Denis. Il faudrait être bête pour pas comprendre ça. (Puis, à Ramon :) Et tu crois que Prieffin ?...

— Sûr, dit Ramon, c'est pour ça. Prieffin saura peut-être pas se défendre.

— Je vais pleurer, dit Denis.

Il pensa que Prieffin pouvait faire ce qu'il voulait. Il pouvait bien aller aux cabinets avec Debaucourt. Cela ne le regardait pas. Pierrot, devinant sa pensée, se pencha sur la table.

— Prieffin n'est pas un sale type. On peut pas le laisser comme ça.

— Je me fiche de Prieffin, dit Denis. Tu sais quoi ?

Ça m'amuserait de voir qu'il sort avec l'autre. Oui, ça m'amuserait.

— C'est pas un sale type, dit Pierrot. Toi, tu le deviens.

— Quoi ? dit Denis. Tu veux une raclée ?

— Je me moque bien de ta raclée, dit Pierrot. Tout ce que tu sais dire, c'est ça : tu veux une raclée, tu veux que je te démolisse ? Vas-y. N'empêche que tu deviens un sale type.

— Attention, dit Denis. Tu vas l'avoir ta raclée.

— Cogne toujours, dit Pierrot. Tu n'es bon qu'à ça. Tu es une brute. Une brute butée.

Ramon fit signe à Pierrot de se taire. Il se frappa la tempe du doigt en désignant Denis.

— Pas encore, dit Pierrot. Prieffin, moi, je le laisserai pas. Il n'a jamais rien fait contre nous.

— Écoute, ça va, dit Denis. J'ai déjà entendu le sermon du recteur, à la messe.

— Tu comprends rien à rien, dit Pierrot, un peu énervé. T'es qu'une pauvre cloche !

— Y en a assez ! dit Denis tout haut.

Il gifla Pierrot et les élèves tournèrent la tête de son côté. Pierrot avait une joue rouge. Il regardait Denis bien en face. Puis il détourna les yeux sans dire un mot. Le père Bellon le regardait.

— Ça ne va pas, Canny ?

— Ça va, dit Pierrot. Ça va bien.

— Qu'est-ce que vous avez avec Leterrand ?

— Rien, dit Pierrot. C'était rien du tout.

— Tenez-vous tranquilles, dit le père Bellon. Et il continua sa classe.

Ramon s'était détourné de Denis avec mépris. Denis baissait la tête et ne disait rien. Il observait Pierrot par petits coups d'œil et Pierrot avait le visage fermé. Alors, il tourna son regard vers Prieffin. Prieffin bavardait à voix basse avec Debaucourt, il ne semblait pas content. Il était rouge et pas content. Denis attendit.

À la fin de la première heure, Debaucourt leva la main pour demander à sortir. Le père Bellon fit oui d'un signe de tête. Debaucourt se leva, passa devant la chaire et ouvrit la porte. Denis le regarda sortir et attendit que la porte fût refermée pour voir ce que Prieffin faisait. Prieffin n'avait pas levé la tête et il écrivait. Denis vit qu'il ne faisait que semblant d'écrire et qu'il pensait à autre chose. Il continua de l'observer et, un moment plus tard, Prieffin leva le bras pour sortir à son tour. Le père Bellon fit signe que oui et Prieffin marcha vers la porte, subitement pâle.

— Et voilà, dit Ramon, lorsqu'il fut sorti.

Pierrot rangea ses livres et se leva.

— Père, dit-il tout haut. Je peux sortir ?

— Il y en a déjà deux dehors, dit le père Bellon.

— Je suis malade, dit Pierrot.

— Restez à votre place. Vous irez lorsque les autres seront revenus.

— Mais je suis malade, père.

— Restez à votre place, je vous dis.

Pierrot se rassit et laissa le prêtre continuer son cours un instant. Puis il se tourna vers Jacky, au fond de la pièce, et lui cria :

— Eh ! Jacky ! Qu'est-ce qu'il fait, Bellon, en ce moment ? Grec ou latin ?

— Canny ! dit le prêtre en venant vers Pierrot.

— Quoi, père ?

— Voulez-vous vous taire !

— Mais c'est pas à vous que je parle ! C'est à Jacky !

— Vous aurez deux heures de retenue, jeudi.

— Mais c'est pas croyable ! Puisque je parle à Jacky !

— Sortez tout de suite.

Pierrot sourit et quitta son banc.

— Oui, père, dit-il.

Le prêtre se ravisa.

— Restez là.

— Ah non, père, vous m'avez dit de sortir.

Au bout de la pièce, Jacky se leva :

— Il n'a rien fait, c'est injuste !

— Renaud, sortez !

— Non, père. Moi, j'ai du travail.

Pendant ce temps, Pierrot était déjà dehors. Renaud se rassit et le prêtre, après avoir agité la tête d'un air désespéré, reprit sa classe.

Denis se leva à son tour. Ramon l'imita.

— Tu vas me payer ça ! dit Denis.

— Tu crois que tu me fais peur ? dit Ramon.

Le père Bellon frappa sur la table, excédé.

— Sortez tous les deux. Chez le préfet, tout de suite ! J'en ai assez, à la fin !

Sans un mot, les deux garçons se dirigèrent vers la

porte. Le père Bellon, surpris, les regarda sortir. Puis il haussa les épaules.

Ramon et Denis dévalèrent les escaliers, débouchèrent en courant dans la cour d'entrée. On ne voyait pas les autres.

— Il va se faire esquinter par Debaucourt, dit Ramon.

Dans la cour des grands, ils virent Prieffin qui courait en direction du parloir. Debaucourt et Pierrot se battaient près des robinets. De loin, Pierrot avait l'air de bien se défendre.

— Je rejoins Prieffin, dit Denis. Occupez-vous de l'autre.

— On le met minable, promit Ramon.

Il continua de courir vers Pierrot. Denis fit volte-face pour poursuivre Prieffin. Il tomba dans la cour d'honneur et monta lentement les escaliers de pierre, vers la chapelle, en époussetant son pantalon. Lorsqu'il entra, sans bruit, dans la chapelle, Prieffin était tout seul, dans un coin, à genoux, en train de pleurer. Denis toussa. Prieffin ne leva pas la tête. Il redoubla de sanglots. Denis vint près de lui et passa un bras sur son épaule.

— Allez quoi, murmura-t-il, pleure pas. C'est fini, sois pas comme ça. Allez quoi !

Prieffin continua de pleurer.

— On dira rien, dit Denis. Je te jure qu'on dira rien. Tu n'es pas le premier à qui Debaucourt fait des ennuis. Il m'en a fait aussi, tu sais.

Prieffin, sanglotant, jeta son visage sur l'épaule de

Denis. Denis passa une main sur sa joue humide et chaude.

— Pleure pas, répéta-t-il, écoute, arrête.

— Je voulais pas, murmura Prieffin d'une voix lamentable. Je voulais pas — il m'a raconté tant de choses —, je savais pas, moi...

— Eh bien, voilà, tu savais pas, dit Denis. Maintenant ça va bien. Ne pleure plus.

Il le laissait se calmer, il gardait son visage contre son épaule.

— Pourquoi tu es venu à la chapelle comme ça ?

— Je sais pas, dit Prieffin en s'essuyant les yeux de la main. Je pensais que je serais mieux ici. Je pensais que je serais tranquille. C'est en pensant à la chapelle que j'ai commencé à pleurer quand...

Il s'arrêta et sanglota de nouveau. Denis, mal à l'aise, passait une main dans ses cheveux et regardait la Vierge. La Vierge était immobile et tendait les bras. Denis se souvint de ses fautes, à lui, et brusquement, ça n'allait plus, il avait envie de vomir. Il parla doucement à son camarade et celui-ci finit par s'apaiser.

— Merci. Je pensais...

— Tu pensais ? dit Denis.

— Je pensais que tu ne m'aimais pas. Que tu m'en voulais pour quelque chose.

— Mais non, dit Denis. Je ne t'en veux pas.

Il le força à se lever.

— J'ai pas de mouchoir, dit Prieffin en fouillant ses poches, visage sali par les larmes.

— C'est toujours comme ça, j'en ai pas non plus.

Prieffin s'essuya soigneusement les joues avec sa

manche et ils sortirent tous les deux. Les trois autres n'étaient plus dans la cour. Ils montèrent en classe. Pierrot et Ramon étaient très calmes. Pierrot avait une marque au-dessus de la lèvre, mais le visage de Ramon était intact. Assis à son banc, Debaucourt épongeait le sang qui coulait de sa bouche et de son nez. Le père Bellon traduisait un poème latin d'une voix mécanique, l'esprit sans doute préoccupé par cet incident qu'il ne comprenait pas, mais il ne leva pas la tête lorsque Denis et Prieffin rentrèrent.

— Je peux me mettre avec toi ? demanda Prieffin tout bas.

Ramon alla s'asseoir près de Jacky et Prieffin se plaça à côté de Denis. Pierrot regardait Napoléon, l'air attentif comme d'habitude. Denis chercha sa main.

— C'est rien, murmura Pierrot. Tout à l'heure, tu étais énervé. On est bons copains, t'en fais pas, on sera toujours bons copains.

Voilà comment il était, Pierrot.

XVI

Tout le reste de cette journée, Denis fut mal fichu et triste. L'histoire l'avait bouleversé. Non tant pour ce qu'elle avait de sordide que pour ce que lui avait dit Prieffin dans la chapelle. Les mots que Prieffin avait employés revenaient à chaque instant à son esprit.

« Je pensais que je serais mieux ici. Je pensais que je serais tranquille. C'est en pensant à la chapelle que j'ai commencé à pleurer... »

Les mots frappaient Denis à grands coups. Il regrettait soudain ses prières d'autrefois, ses élans vers Dieu, et la tranquillité qu'il éprouvait, lui aussi, lorsqu'il se sentait propre. Il n'était à présent qu'un malheureux, tout sale, tout laid, un damné. Il commettait depuis quelques jours les pires péchés, il avait même été sacrilège, et sans un remords.

« Je pensais que je serais mieux ici... »

Il était aussi dégoûtant que Debaucourt, aussi seul.

Ne jamais plus pouvoir être comme les autres, prier

à la chapelle, communier du fond du cœur, avec la confiance, la joie hors du monde qu'il avait ressenties quelquefois. Envie de vomir.

À cinq heures, en étude, il laissa un papier de confession sur sa table et vit Prieffin qui en laissait un aussi. On ramassa les papiers et on les apporta aux prêtres confesseurs. Au milieu de l'étude, on appela Prieffin et Prieffin alla se confesser. Denis ne savait pas encore ce qu'il dirait, mais il n'avait pas pu s'empêcher de faire la feuille. Lorsque Prieffin revint, Denis le trouva plus calme, l'air heureux. Il murmura une prière en lui-même et se sentit sincère. Pas tout à fait, mais presque sincère. Il essayait comme il pouvait de ne pas penser à sœur Clotilde.

On vint le chercher très tard et il marcha lentement dans les couloirs, vers la chambre du père Prédel. Arrivé à la porte, il n'osa pas frapper. Il descendit dans les cours désertes. Le ciel était bleu, le soir ne venait pas. Il alla boire au robinet — même l'eau lui tournait le cœur —, et pensa qu'il préférait aller se confesser au père Hervé. Le père Hervé ne l'avait jamais confessé, ce serait plus facile.

Le père Hervé était son professeur de maths. Il était grand et très maigre. Lorsqu'il marchait, son corps se tordait dans sa soutane serrée. On l'appelait « l'Anguille ». Denis le connaissait bien. Ils bavardaient parfois après les cours. Mais il n'avait jamais confessé Denis et Denis pensa que ce serait mieux d'aller vers lui.

Il revint vers les bâtiments sans hâte. Il mit le plus de temps qu'il pouvait pour arriver à la chambre du père Hervé. Il n'avait même plus envie de se confesser. Il sentait confusément qu'il n'était plus sincère, que tout se tassait. Son amie l'étreignait de ses bras blancs. Il écarta cette pensée, désespérément, et frappa à la porte.

— Entrez, dit la voix forte du prêtre.

Denis entra et ferma la porte derrière lui, tournant le dos au confesseur. Celui-ci émit un sifflement lorsqu'il vit le visage du garçon.

— Ça ne va pas ?

— Pas du tout, dit Denis avec peine. Je devais me confesser au père Prédel. J'aime mieux que ce soit vous.

Il s'agenouilla sur un signe du prêtre. Il sentit une haleine mêlée de tabac et d'eucalyptus sur son front.

— Qu'est-ce qui ne va pas ? dit le père Hervé.

Il fit une croix au-dessus de la tête du garçon, dit une courte prière à voix basse.

— Vous avez de si gros péchés ?

Denis ne répondit pas.

— Je vous écoute, mon petit.

Denis cherchait ses mots. Il avait encore l'habitude. Ce n'est pas un genre d'habitude qui se perd. On commence par les petits péchés, on s'attarde un peu, on dit rapidement les gros et on termine lentement sur d'autres petits. Denis n'avait pas perdu l'habitude.

— D'abord, j'ai été orgueilleux, dit Denis.

— Oui, dit le prêtre, les yeux fermés.

— Je me suis mis en colère, très souvent.

— Oui.

— Je... Je n'ai pas dit mes prières depuis plus de quinze jours. Et j'ai fait un sacrilège.

— Quel sacrilège ?

Denis respira très fort.

— La communion, dit-il. J'étais en état de péché mortel et j'ai communié.

— Quel péché mortel, mon petit ?

— Impureté. J'ai eu de mauvaises pensées, et j'ai...

Il s'arrêta attendant quelque chose qui ne venait pas.

— Tout seul ? demanda enfin le prêtre.

Denis regarda un crucifix, sur le mur, et ne détourna plus les yeux.

— Tout seul et... et avec une femme.

— À votre âge ! Qu'avez-vous fait avec cette femme ?

Denis ne pouvait plus répondre. Les mots restaient dans sa gorge et l'envie de vomir le reprenait.

— Il faut tout me dire, mon enfant. Vous devez être très malheureux.

— Pas vraiment, père, répondit Denis malgré lui.

— Vous ne regrettez pas ?

— Si, mon père.

— Du fond du cœur ?

— Oui, mon père.

Il essaya de penser très fort qu'il regrettait et n'y parvint pas. Il eut peur d'être en train, pour le comble, de commettre un second sacrilège.

— Qu'avez-vous fait avec elle ?

— Elle est ma maîtresse, dit Denis.

— Votre quoi ? Mon pauvre petit, vous ne savez certainement pas le sens des mots. Est-ce elle qui vous a entraîné ? A-t-elle eu des gestes, des paroles qui vous ont troublé ? Était-ce aussi la première fois, pour elle ?

Denis hésita un instant, puis pensa qu'il était stupide d'hésiter.

— Oui, dit-il.

— Mais c'est très grave ! Est-ce une parente ? Une cousine ? Enfin quelqu'un de votre âge ?

Le prêtre avait ouvert les yeux et Denis sentait son regard. Il secouait la tête à chacune de ses questions.

— Que fait cette jeune fille dans la vie ?

— Je... je ne sais pas.

Puis, se reprenant :

— Je ne peux pas le dire.

— Il faut que vous me le disiez. Vous avez confiance dans le secret de la confession, n'est-ce pas ?

— Oui, mon père, mais...

— Il le faut, mon enfant.

— Elle est religieuse, dit Denis, plus facilement qu'il ne l'aurait pensé.

Le prêtre ne répondit rien pendant plusieurs secondes. Quand il osa enfin le regarder, Denis vit ses yeux grands ouverts, étonnés, non pas comme devant un gros péché, mais une histoire absurde. Du moins, c'est l'impression qu'eut Denis.

— Vous ne devez plus revoir cette malheureuse, dit enfin le prêtre. Elle habite la ville ?

— Je ne suis pas tenu de vous dire cela, dit Denis.

— Oh, mais si.

— Elle habite la ville, oui.

— Bien. Et, c'est tout ?

— J'ai menti à mes parents. J'ai été gourmand.

— Oui.

— J'ai été insolent envers mes professeurs. Je crois que c'est tout.

— Oui.

Il y eut un silence interminable.

— Il faut que vous me promettiez de ne plus revoir cette femme.

— Je vous le promets, dit Denis.

— Il faut que vous me promettiez même de ne plus penser à elle, sinon dans vos prières, pour la rémission de ses fautes.

— Je vous le promets.

— Vous direz trois dizaines de chapelets en demandant pardon à Dieu. Dieu est infini dans Sa miséricorde. Les puissances du mal, le démon de la chair ne peuvent rien contre Sa bonté et Sa miséricorde. Veuillez dire, avec moi, votre acte de contrition.

Denis récita l'acte avec le prêtre et — le diable devait être de la partie — il ne pensait aucun des mots qu'il récitait. Ensuite, le père Hervé lui donna l'absolution.

— Allez, mon enfant, et ne commettez plus de tels péchés, termina-t-il. Et revenez me voir bientôt.

— Merci, mon père, dit Denis. Et il se leva.

En sortant, il regarda le prêtre. Le père Hervé était debout, les yeux fixés sur lui, l'air soucieux, comme si quelque chose lui échappait.

Dans la chapelle déserte, Denis s'agenouilla dans un coin, sous la Vierge, à l'endroit même où s'était agenouillé Prieffin. Il prit sa tête dans ses mains et commença ses *Ave*. Il n'arrivait pas à les dire et ne les pensait pas.

Il se remémora son sacrilège et il ne le regrettait plus. Le visage de sœur Clotilde revenait, revenait, et il se sentit soudain oppressé : elle l'attendait déjà et il n'irait pas la rejoindre.

Dieu. Sœur Clotilde est meilleure pour moi que Dieu ne l'a jamais été. Dieu. Passer mon chemin avec Dieu et oublier sœur Clotilde. Plus rien. Dieu. Ces jours-ci, j'étais heureux et calme. Heureux comme jamais. Dieu ne me donne pas ce bonheur. Il me donne une joie inquiète, passive. Mais Seigneur, je suis vivant, je veux une joie vivante.

Cette envie de vomir, depuis ce matin.

Je suis stupide. Pour une histoire stupide, je fais des choses stupides. Pour un incident qui ne me concernait pas, je vais gâcher le bonheur que je tiens, tout mon bonheur. Maîtresse. Le sens des mots. Ne plus la voir. Stupide. Bien trop content lui, l'Hervé. Bien trop contents, tous.

Non. Réfléchis, girouette. Bon. Cela ne fait rien. Je ne regrette plus. Je suis sûr de ne rien regretter. Il avait les yeux fixés sur la Vierge.

Elle peut me regarder. Elle ne voit rien. C'est des balivernes. Ils veulent m'obliger à quoi ? Je les emmerde tous avec leurs balivernes. Vous entendez, je vous emmerde tous. S'ils m'entendent, tant pis. S'il n'y a pas d'enfer, je serai bien attrapé d'avoir gâché ma vie. Ça me fera un drôle de coup en me réveillant mort. Le pari de Pascal. Balivernes. Un baiser pour le prix de mon âme. La chambre. Ton regard, tes bras, ta bouche entrouverte, ton visage éperdu sur l'oreiller, c'est toi mon âme.

Je vais me débarrasser de tout ça. L'envoyer balader. Cette Vierge, et toutes leurs balivernes, leurs pénitences, leurs confessions, leur bla-bla-bla. Vous entendez ? Je vous envoie balader. Vous pouvez toujours courir pour m'avoir. Je n'ai rien à regretter puisque je vis.

Être avec elle. Ne plus penser qu'à elle... Ma vie dans ses yeux. C'est cela, tu te rappelles ? Deux dans le même miroir.

Oh ! si tu savais comme je t'aime. Je blasphème, bien sûr, mais je t'aime. Plus que tout, plus que Dieu, que cette statue, ces simili-quelque chose, tous ces plâtres. Je t'aime.

Il sentait son cœur battre jusque dans sa gorge en pensant à celle qui l'attendait, les bras ouverts, avec son sourire.

Il se leva, décidé et calme. Mais calme seulement en lui-même, le corps énervé. La Vierge avait les yeux vides. Il alla vers elle, demeura debout un instant, écoutant son cœur battre, et l'envie de vomir le reprenait. Quel type je suis, se dit-il, j'ai une chance inouïe, et je me laisse avoir par un garçon qui pleure dans une chapelle. Quelle drôle d'idée j'ai eue là. Mais c'est mieux ainsi. Je sais ce que je veux. C'est une bonne chose de faite, encore une bonne expérience.

Si je continue sur ce chemin, tout ira bien. Je vais tout droit. Il peut arriver n'importe quoi, je sais où je vais, je sais de quoi il retourne.

Il marcha dans l'allée. À la porte, il regarda une dernière fois l'autel. Il n'avait pas envie de partir ainsi. Il fallait qu'il fît quelque chose de définitif, d'important, comme un point final.

Il ne fit rien. Il haussa les épaules et sortit. Il était bientôt l'heure de fin d'étude. Il n'avait pas terminé son devoir, mais il s'en moquait. Il se dirigea vers les lavabos des grands, entra dans l'un d'eux et se mit un doigt dans la bouche pour vomir. En sortant, il but un peu d'eau au robinet, pour faire passer le mauvais goût, et il se tint immobile un long moment.

Tout son énervement était tombé. Il se sentait heureux et libre en pensant à la petite chambre qu'il allait retrouver. Il mit ses mains dans ses poches et revint sans hâte en étude. Le soleil flamboyait derrière les bâtiments.

XVII

Denis raconta tout à sœur Clotilde, ce soir-là. Il lui raconta sa confession et ce qui s'était passé avec Debaucourt, depuis son arrivée au collège. Elle lui fit promettre d'éviter le nouveau, et c'est tout.

— Pour la chapelle, tu ne dis rien ?

Ils étaient allongés l'un près de l'autre sur le lit. Elle ouvrit les yeux et se dressa sur un coude.

— Je ne peux rien te dire. Je ne sais pas ce qui nous arrive. Ce que tu vis, je le vis. Ce que tu me racontes, je pourrais te le raconter. Je suis dans le noir, comme toi. Je ne peux rien te dire.

— Je ne crois plus en Dieu, dit Denis.

Elle l'embrassa.

— Ne dis pas ça. Laisse-moi t'aimer encore. Plus tard, peut-être, je réfléchirai. Mais pas maintenant.

Il haussa les épaules.

— Tu es un bébé, dit-elle, tu n'es pas influencé. Moi, il y a tant de choses qui me retiennent, qui me pèsent. Je ne sais plus où j'en suis, tu comprends. Et je crois que Dieu doit savoir, Lui, ce qui nous arrive.

— Je comprends, dit Denis. Mais ça ne fait rien, tout va bien, n'est-ce pas ?

— Tout va bien, mon chéri. Je suis trop heureuse.

— Pas trop.

— Si. Je n'ai jamais été comme ça. Je n'ai jamais été à personne, tu sais.

— Je sais, dit Denis.

— Jamais à personne qu'à toi.

— Je sais. Je t'aimerai plus que personne ne pourra t'aimer. Je t'aimerai de toutes mes forces. Je ne te volerai pas.

— Je suis heureuse, alors. Même dans la journée je suis heureuse. Je te vois partout. Tu as des sourires d'ange, tu sais.

— Laisse les anges, dit Denis.

— Tu as des sourires merveilleux, mon ange.

— Arrête, dit Denis. Ce soir, j'en ai assez des anges et de toutes ces balivernes.

Elle se sentit honteuse.

— Je ne le dirai plus. Promis, je ne le dirai plus. Tu m'aimes encore, dis ?

Il se pressa contre sa poitrine et son ventre.

— Tu as de trop jolis yeux pour que je ne t'aime plus. Tes yeux sont encore mieux que ceux de tous les anges de la création. Tes yeux sont les mieux que l'on puisse rêver.

— J'ai honte de mes cheveux quand tu me regardes.

— Tes cheveux ?

— Ils sont courts.

— Tes cheveux sont très bien. Ils sont bouclés et soyeux, ils sont très bien. Et puis, c'est une coiffure qui me plaît, avec tes boucles tout autour de tes oreilles, là, et dans ton cou, là, et sur ton front.

— Ils repousseront, tu verras. Je serai comme autrefois. Avant mon noviciat, ils arrivaient ici, tu vois, presque aux genoux. Et tu sais, j'en connais qui sont complètement rasées. Mais je ne me laisserai plus couper les cheveux.

— Tu devras.

— Non, jamais plus.

— Tu abandonneras tout ?

La question lui fit mal. Elle se forçait quand même à sourire.

— Je ne sais plus. Je dis ce que je pense, je n'ai pas réfléchi à plus tard. Je ne peux pas encore, tu comprends ?

— Je comprends, dit Denis. Et puis ça m'est égal.

— Non, ça ne t'est pas égal. Mais je n'ai pas le courage de réfléchir, pas encore. Il y a les autres. Il y a ma famille. Je ne peux pas. Et puis, il y a toi. Il se peut que tu changes, tu sais.

— Je t'ai déjà dit que je ne changerai jamais, c'est posé une fois pour toutes. Arrête de répéter ça.

— On ne sait pas, dit la jeune femme. Et puis, n'en parlons plus. On verra, pas vrai ?

— Oui, dit Denis, et tu sais ce qu'on verra ? Je prendrai de l'âge, et un jour, je serai majeur, et nous vivrons ensemble tous les deux. Et tu sais quoi ? Je t'achèterai des robes magnifiques.

Elle répliqua sur le même ton :

— Tu sais quoi ? Tu es fou !

Mais elle se laissa emporter par le rêve.

— Rien que tous les deux, dit-elle. Avec personne d'autre. Je t'aimerai beaucoup, beaucoup, beaucoup. (Triomphante :) Et je laisserai pousser mes cheveux !

— Non, dit Denis. Tu laisseras tes cheveux comme ça. Je t'aime bien comme ça. Je ne veux pas que tes cheveux repoussent.

— Laisse ta main, mon chéri. J'adore ta main sur mes cheveux.

Il caressait sa tête blonde, et les boucles ondulaient sous ses doigts. Elle l'entoura de ses bras par la taille et se pencha sur sa poitrine pour l'embrasser. Il referma la main sur ses cheveux.

— Laisse passer le temps, murmura-t-il. Tu verras. Nous serons heureux et tranquilles. Nous sommes heureux et ma vie est merveilleuse. Nous serons tranquilles après. Ne pense à rien d'autre. Nous serons tranquilles après, et nous habiterons dans un petit appartement, comme celui-ci, tout petit, avec un petit lit pour qu'on soit plus serrés.

Elle jouait le jeu, elle disait, la bouche contre sa peau :

— Serre-moi fort. Il est encore trop grand. Un tout petit lit, mon chéri. Tu ne travailleras pas, parce que tu n'aimes pas ça, je travaillerai pour deux. Le jour, tu dormiras, pour bien m'aimer la nuit et pouvoir bavarder avec moi.

— Et toi, tu dormiras quand ?

— Je ne dormirai pas. Je ne veux pas dormir. On

dort trop et on ne vit pas assez. Je veux prendre de ma vie tout ce que je peux, maintenant.

Et lui, plus bas :

— J'ai envie de toi, tu sais.

— Alors, moi aussi, mon chéri. Je t'aime et j'ai envie de toi.

Plus tard, il regarda longtemps son visage sur l'oreiller. Un visage abandonné, aux yeux clos.

— Est-ce que c'est possible d'aimer toujours ? dit-il.

— Je t'aimerai toujours.

— Est-ce que c'est merveilleux ?

— Quoi donc ?

— J'aime ce qui est merveilleux.

Elle ouvrit un œil, juste un, et vit sa robe sur le parquet. Il regarda la robe à son tour, haussa les épaules. Puis, il prit le visage de la jeune femme dans ses mains, de façon à l'avoir tout contre sa bouche.

— N'aie pas honte, dit-il. Ne regarde jamais plus ta robe. Je ne l'aime pas. Ce n'est pas une robe qui te va. Une robe de bure ! Pourquoi la portes-tu si je ne l'aime pas ?

Elle secouait doucement la tête dans ses mains. Puis brusquement, elle l'embrassa, ramassa sa chemise de grosse toile et sauta du lit. Elle courut vers la porte de la pièce.

— Où vas-tu ? dit-il. Je ne veux pas que tu t'en ailles.

Elle s'arrêta sur la porte, sa chemise plaquée contre elle. Elle avait un sourire heureux, elle était à demi nue, elle était belle, elle était comme personne au monde.

— Attends, dit-elle. Je reviens. Je vais dans la pièce à côté et je reviens.

Elle fit un pas mais se ravisa.

— Il est trop tard, dit-elle, perdant son sourire.

— Trop tard ? Il n'est pas encore sept heures. Ma montre marche bien. C'est une très bonne montre.

Elle revenait vers lui.

— Va-t'en ! dit-il. Va dans la pièce à côté ! Que voulais-tu faire ?

Elle regarda la montre du garçon, embrassa son bras. Puis, elle courut dans la pièce voisine. Il se leva et se rhabilla. Il entendait la jeune femme ouvrir des tiroirs et siffloter.

— Que fais-tu ? dit-il. Tu vas revenir ? Il y a un siècle que je ne t'ai vue.

Il prêta l'oreille, n'entendant plus rien.

— Mon amour, dit-il.

Elle était sur la porte, vêtue d'une robe de Madeleine, en lainage écossais, serrée à la taille.

Il s'assit sur le lit, se mit à rire.

— Cela ne me va pas ? dit-elle. Dis-moi, que cela me va.

Elle le rejoignit, le prit par les épaules.

— Je vais bouder, dit-elle. Ne ris plus.

Il leva les yeux et vit qu'elle avait rougi, qu'elle avait honte. Il la prit dans ses bras, sur ses genoux.

— Ne boude pas, dit-il. Tu es merveilleuse. Je préfère ça à ta robe de moine.

— Est-ce que mes cheveux vont avec ça ? Ils sont courts.

— Je t'ai dit que tes cheveux sont très bien.

— Ils repousseront.

— Je t'ai dit que je ne veux pas qu'ils repoussent. Est-ce que je dois bouder aussi ?

— Non, dit-elle, tu dois être trop mignon quand tu boudes. Nous n'allons plus partir.

— Ne partons plus.

Elle se leva, découragée.

— Il le faut bien.

Il secoua la tête, il lui lança l'oreiller. Mais elle n'avait pas envie de jouer. Elle était triste. Elle lui rendit l'oreiller, prit sa longue robe blanche et se rhabilla.

— *Ma sœur*, dit-il.

— Je t'en prie, mon chéri.

— Oui, dit Denis, je suis complètement idiot quand je m'y mets.

Assis sur le lit, il sortit un paquet de cigarettes de la poche de son pantalon. Elle le regarda :

— Tu fumes ?

— De temps en temps, dit-il. Je les échange avec un copain, contre du chocolat.

Elle vit soudain ce qu'il y avait d'horrible dans son esprit : elle avait fait de lui son amant et il lui paraissait monstrueux qu'à son âge, il commençât de fumer.

Elle dut s'asseoir.

— Qu'est-ce qu'il y a ? dit-il. Tu n'es pas bien ? Pourquoi es-tu si pâle ?

Elle lui prit les cigarettes des mains, le berça dans ses bras.

— Ce n'est rien.

— Tu pensais à quelque chose.

— Oui, à ton âge, au mien.

— À cause des cigarettes ?

Elle baissa la tête.

— Ne pense plus à ça, dit Denis. Tu te trompes, mon chéri. Les cigarettes me font tousser, je n'ai pas l'habitude, mais je ne suis plus un enfant. Est-ce que je suis un enfant, mon chéri ?

— Non.

Il vit qu'elle souriait de nouveau. Elle dit :

— Nous sommes seulement de grands enfants tous les deux. On a le même âge.

Elle compta sur ses doigts :

— Trois mois. (Puis, comme il s'écartait :) Reste encore un peu. Fume une cigarette. Nous partirons après.

Il s'assit sur le parquet, près d'elle, et elle prit les allumettes qu'il lui tendait. Elle alluma une cigarette, la lui donna.

— Je t'attendrai au pensionnat, demain soir, dit-elle. Fais vite en venant. C'est tellement long.

— Je sais, je viendrai vite.

— Tu ne m'en veux pas pour tout à l'heure ? Je n'aurais pas dû être triste.

— Ne pense plus à ça, dit Denis. Tu es une petite femme merveilleuse. Tu es très gentille avec moi.

— Je t'aime plus que tout.

— Je sais, dit Denis. Je le sais bien. Tu es une petite femme vraiment merveilleuse.

XVIII

Le mois de mai semblait se terminer comme les autres. La ville entière s'appesantissait dans la chaleur, se refermait sur les rues ombreuses. Mais sous le calme d'un printemps trop beau, sous la tranquillité apparente des êtres, une nervosité couvait plus grande chaque jour.

Par des soirées lumineuses, ils marchèrent côte à côte, sur l'avenue de la plage, s'arrêtant à la petite église déserte. Ces soirs-là, ils ne demeuraient pas longtemps ensemble et sœur Clotilde rentrait tôt avant la prière, pour faire oublier, autant qu'elle le pouvait, son retard des autres jours.

Au début du mois, Mme Leterrand était venue au pensionnat pour faire sa connaissance. Elles s'étaient rencontrées en présence de la supérieure. Mme Leterrand était différente de son fils. Posée, le raisonnement prudent, elle calculait chaque mot de ses phrases, déplaçant chaque phrase l'une après l'autre, lentement, sur un terrain comme préparé à l'avance.

À la longue, une conversation avec elle eût été odieuse, mais elle ne s'attarda pas au pensionnat, remerciant seulement la religieuse pour l'amitié quelle portait à Denis, lui demandant s'il était possible pour elle de venir chez eux donner ses leçons. Sœur Clotilde n'était pas sur la défensive, retranchée derrière chaque coin de phrase. Cela compliquera les choses, pensa-t-elle. Elle n'eut pas le temps de réfléchir plus loin. La supérieure donnait déjà son assentiment, disant qu'il était préférable de ne pas créer un précédent à des allées et venues de garçons au pensionnat. Sœur Clotilde s'inclina. Elle dissimula un brusque effroi lorsque la supérieure fit remarquer que Denis ne venait plus depuis quelques jours. Mme Leterrand était par bonheur trop occupée à calculer la phrase nécessaire à sa sortie pour entendre.

Lorsqu'elle fut partie, la supérieure retint un instant sœur Clotilde, dans le parloir :

— Vous pensez aller souvent chez les Leterrand ?

— Deux fois par semaine, si vous le voulez bien, dit sœur Clotilde. Un peu plus peut-être au moment des examens de Denis.

La supérieure hocha la tête, l'air d'accepter.

— Est-il gentil ? dit-elle.

— Très. Je l'aime beaucoup.

— Ne vous attachez pas aux enfants, dit la supérieure. À un moment ou à un autre viennent les regrets de ne pas en avoir eu. Je sais de quoi je parle.

Elle se tut, soupira.

— J'aurais aimé avoir des enfants, moi aussi,

ajouta-t-elle. Mais sans doute n'était-ce pas notre véritable mission ?

Sœur Clotilde, à présent, se tenait sur ses gardes.

— N'avez-vous pas des centaines d'enfants ? dit-elle. Ne suis-je pas moi-même votre enfant, comme toutes mes compagnes ?

La supérieure la dévisageait sans dissimuler son attention. Elle parut satisfaite de l'examen.

— Venez, dit-elle, prenant la religieuse par le bras, nous disons des bêtises, et il faut que j'aille travailler, il faut que je m'occupe de mes enfants.

Durant les trois semaines qui suivirent, sœur Clotilde alla plusieurs fois chez les Leterrand, pour se ménager un alibi. Elle pouvait ainsi, sans crainte, rentrer plus tard les soirs où elle retrouvait Denis dans l'appartement de Madeleine. Elle ne regretta point d'avoir accepté, malgré elle, l'arrangement suggéré par la mère du garçon.

Le dernier lundi du mois, les hommes qui n'étaient pas en Allemagne ou dans le maquis racontaient qu'une grève allait avoir lieu pour appeler les habitants du Sud-Est à la résistance. Les occupants continuaient d'aller et venir en toute quiétude, mais les gens savaient ce qu'ils savaient.

— Ils sont au bout du rouleau, répétaient les gens. L'Afrique, l'Italie, ils perdent tout. Les Ricains ne vont plus tarder à débarquer. Vous verrez, ils seront à Paris pour le 14 juillet.

Denis ne s'intéressait pas à ce qu'on racontait. Le seul écho qu'il avait de la guerre était les actualités au cinéma et les alertes. Pour les deux, il s'en moquait. Les alertes étaient toujours de fausses alertes et les gens, comme si de rien n'était, continuaient de marcher dans les rues, jusqu'à ce que sonnent à nouveau les sirènes de la ville, annonçant la fin du danger. Aux actualités, lorsque Denis allait au cinéma avec ses parents, on racontait que les troupes allemandes, toujours supérieures, anéantissaient les troupes ennemies et faisaient des replis stratégiques. Denis était absolument indifférent aux replis stratégiques et il pensait que le mieux était de « les » laisser se battre à leur aise puisque les choses étaient ainsi. De toute façon, sœur Clotilde avait dit que les Alliés gagneraient la guerre. Alors ils la gagneraient. « Ils » n'avaient qu'à se battre et laisser les autres tranquilles.

Quelques jours plus tard, la grève commença. Mais ce ne fut, à la grande désapprobation des élèves, qu'une petite grève. Tout était ouvert dans les rues, ou presque, et les tramways continuaient de rouler. La journée se passa sans autre incident que l'explosion d'une bombe, au siège de la Gestapo, qui se trouvait dans le quartier du collège. Le surveillant de première division raconta qu'elle avait soufflé un étage et tué trois soldats, dont un colonel. Le soir, cependant, les tramways rentrèrent aux dépôts avant l'heure habituelle.

Ce soir-là, Denis vit sœur Clotilde à la petite église, et c'est à pied qu'il revint chez lui.

Le lendemain, les tramways ne marchaient pas. Mme Leterrand dit que le collège était trop loin, sans transports, et Denis resta au lit. Vers neuf heures, il fit sa toilette et sortit pour aller chez le coiffeur. Il y en avait un au coin de sa rue. Dans la boutique, il prit un magazine et se mit à lire en attendant son tour.

C'est à ce moment que l'alerte éclata.

— Ça y est, dit le coiffeur, petit et chauve. Voilà que ça recommence.

— T'en fais pas, dit un client, c'est encore de la foutaise.

— Je m'en fais pas, mais ça m'énerve, les sirènes. Ça me fait trembler. Je peux pas m'en empêcher quand je les entends, ça me fait trembler.

Denis continuait de lire. L'alerte durait. On lui coupa les cheveux. Denis se regardait dans la glace et il écoutait les hommes.

— Ça fait une demi-heure que c'est commencé, dit le coiffeur. Les autres fois, c'était moins long.

— Tremble pas sur le gamin, surtout, dit le client qui avait parlé la première fois. Tu vas lui couper les oreilles.

— Oh, pauvre ! dit le coiffeur. Je tremble plus. C'est les sirènes qui m'énervent. Hein, que je tremble pas, fiston ?

— J'espère que non, dit Denis, j'y tiens à mes oreilles.

Le coiffeur se mit à rire et regarda le visage de Denis dans la glace.

— Tu es un brave garçon, dit-il, tu as de l'allure. Ça va bien, tes amours ?

— Comme ça, dit Denis.

Le coiffeur se tut et reprit son travail. Lorsqu'il eut fini, il ôta la serviette que Denis avait autour du cou.

— Tu es beau comme un astre, dit-il.

Denis paya à la caisse et sortit.

— Au revoir, fiston, dit le coiffeur. Je te couperai pas les oreilles, va. C'est juste les sirènes qui me font trembler.

En marchant le long du trottoir, Denis se souvint que sa mère lui avait demandé de prendre une bouteille d'apéritif au bar de la rue, parce que des oncles et des tantes venaient déjeuner le lendemain. Dans la salle, il y avait peu de monde, une ombre fraîche, le silence.

— Donnez-moi une bouteille d'apéritif, dit Denis à la femme du bar. Du Cinzano. C'est pour papa.

La femme lui fit signe de se taire et alla chercher la bouteille. Denis se pencha sur une table pour regarder le journal. Quelqu'un dit que les types des Indirectes avaient la vie douce, mais il n'y fit pas attention. Ce fut en entendant les avions venir sur la ville qu'il regarda les hommes qui se trouvaient là. Un à un, ils se levaient, les yeux au plafond, écoutant.

— Eh bien, dit l'un, ce coup-ci, c'est pour de bon.

Aussitôt, il y eut de fortes détonations du côté de la mer. Denis alla voir à la porte ce que ça faisait dans le ciel. Il ne vit rien. Le ciel était bleu. Dans la rue, les gens commençaient à courir.

— Je m'en vais, dit un homme dans le bar. Si c'est pour de bon, je vais à l'abri.

Les détonations se multipliaient rapidement.

— C'est la D.C.A., dit l'homme en sortant.

Il se retourna vers les autres lorsqu'il fut sur le trottoir. Il écoutait avec attention.

— C'est la D.C.A., répéta-t-il. Je le sais, j'étais dans la D.C.A., en 40. On n'avait même pas d'obus pour tirer.

— Alors comment tu peux savoir le bruit que ça fait ? dit un autre. Avec des artilleurs comme toi, faut pas se demander pourquoi on a pris la pile.

L'homme s'en alla sans répondre. Denis sortit aussi lorsque les détonations devinrent plus fortes. Dans la rue, les gens couraient en groupes apeurés vers les abris. Denis avait oublié sa bouteille, mais il se dit qu'il reviendrait la prendre après. Lorsqu'il fut chez lui, les bombes commencèrent à tomber vers la gare et plus loin, de l'autre côté de la ville, vers les quais.

Mme Leterrand s'énervait en cherchant ses papiers et l'argent qu'elle avait dans un tiroir.

— Descends, dit-elle à Denis. Ne reste pas ici. Descends dans le couloir.

— Je t'attends, dit Denis. Papa va venir.

— Descends ! cria sa mère. Je t'en supplie, descends ou je te gifle !

— Oh, bon, dit Denis.

Et il descendit.

Dans le couloir, en bas, des locataires de l'immeuble se tenaient debout et parlaient entre eux. Il y en avait encore qui descendaient et ceux-là sautaient les escaliers quatre à quatre. Les bombes tombaient de plus en plus près.

— La vague est pour nous, dit soudain un homme de l'immeuble.

Il ferma la porte du couloir.

— Attention, la vague est pour nous ! Ne restez pas près de la porte !

Les autres, hommes et femmes, se courbèrent près des escaliers. Denis monta quelques marches et regarda vers les étages. On entendait distinctement les avions.

— Maman ! cria-t-il. Descends !

— Je descends, dit sa mère, là-haut. Ne t'effraie pas, mon chéri, je viens.

— Je ne m'effraie pas, bon sang ! cria Denis. Mais descends tout de suite !

Elle devait être au second lorsque la vague tomba. Ce ne fut qu'une suite énorme de détonations et Denis, contre le sol, vit le mur de la cave qui bougeait et se décollait.

— Descends, répéta-t-il.

Mais sa voix ne porta pas dans le bruit. Les gens se tassaient les uns contre les autres, dans le couloir, et à un moment, il entendit une femme qui implorait saint Christophe ou saint Antoine. C'était la première fois de sa vie qu'il voyait des adultes qui avaient peur.

Il prit sa mère contre lui lorsqu'elle fut là, en l'entourant de ses bras. Elle était terrifiée elle aussi. Elle avait un peu de sang sur la joue et sur les cheveux.

— Qu'est-ce que c'est ? dit Denis.

— Ce n'est rien. Les vitres d'en haut qui ont craqué.

Ils entendirent un bizarre sifflement, très haut par-dessus les toits, au milieu du bruit de moteurs d'avion. Le sifflement se prolongea, s'amplifia, et les gens se serrèrent plus fort les uns sur les autres, épaule contre épaule, tête baissée, défigurés par la peur.

Le bruit fut assourdissant. Les gens avaient la bouche ouverte et criaient. Mais on n'entendait pas leurs cris. Ils avaient la bouche ouverte dans le bruit. La lourde porte d'entrée, serrure défoncée, cognait contre les murs. Denis avait cru que la maison s'écroulait en voyant le sol basculer à l'explosion de la bombe. Mais la maison était restée debout.

Ils étaient allongés par terre, attentifs maintenant, et des femmes pleuraient. Denis pensait à sœur Clotilde et se disait : « C'est comme ça que je serai puni, elle sera blessée ou morte. » Les détonations s'éloignaient et, peu à peu, ce fut le silence. Les gens se levèrent un à un, mais ils attendirent le déclenchement des sirènes pour sortir dans la rue. Ce n'était, tout autour de l'immeuble, qu'un amas de décombres et de terre. Il y avait un corps de femme allongé sur des pierres. Le corps était nu et tout noirci. La femme était morte. La poussière s'insinuait partout, noirâtre et chaude.

Denis se passa la main sur le visage et sa main devint noire.

— Pourvu que papa revienne, dit sa mère près de lui.

Elle tremblait encore et le tenait par la taille.

— Il va venir, dit Denis.

Ils marchèrent dans la rue. Les gens sortaient de chez eux pour voir les dégâts. La boutique du coiffeur n'existait plus. Des hommes portaient le corps du coiffeur. Ce n'était qu'un cadavre, mais Denis le reconnut à son tablier déchiré et sanglant. Le coiffeur avait la tête arrachée et ses bras pendaient sur le sol.

— Ça y est, se dit Denis, maintenant il ne tremblera plus.

Il marcha lentement jusqu'au coin de la rue, avec sa mère, et ils s'arrêtèrent sur le trottoir. Le ciel était toujours aussi bleu et la vie continuait.

XIX

Dans l'après-midi, Denis persuada ses parents qu'il devait aller voir si ses camarades, au collège, n'avaient rien, et il courut vers sœur Clotilde. Le quartier du pensionnat n'avait pas été touché, mais le pensionnat lui-même était envahi par des prêtres et des élèves des lycées et collèges de la ville qui portaient des blessés dans les classes. Il lui fut très difficile, au milieu du désordre, de savoir où était son amie.

Dans une cour, il vit la mère supérieure qui parlait à un groupe de scouts. Il dut attendre qu'elle soit seule pour l'aborder. La supérieure avait des taches de boue sur sa robe, elle s'épongeait la figure avec un mouchoir. En le voyant, elle ferma les yeux, l'air excédé. Néanmoins, il garda un visage aimable pour lui demander où trouver sœur Clotilde.

— Croyez-vous que ce soit bien le moment pour des leçons de latin, mon garçon ?

Elle tourna les talons et fit un pas pour s'éloigner.

— Bon sang, je veux juste savoir si elle n'a rien, dit Denis.

La supérieure se retourna, leva les yeux au ciel.

— Mais ma parole, c'est qu'il s'énerverait, vous savez ! Elle n'a rien. Que voulez-vous qu'elle ait ? Elle aide les autres et elle n'a pas besoin qu'un gamin mal élevé vienne l'ennuyer. Allez-vous-en.

Denis revint, la rage au cœur, vers la cour d'entrée. Des religieuses accueillaient d'autres blessés et il resta un long moment à chercher sœur Clotilde des yeux. Mais elle n'était pas parmi ces religieuses. Il vit une silhouette blanche sur le seuil d'un bâtiment et crut la reconnaître. Il se mit à courir. La silhouette disparut. Il ne vit, dans les salles, que des religieuses affairées qu'il ne connaissait pas et des hommes qui les aidaient.

Il sortit du bâtiment et traversa lentement la cour pour s'en aller. Sœur Clotilde venait vers lui, sans le voir, une fillette dans les bras. Une femme était avec elle. La fillette semblait évanouie et il y avait du sang sur ses bras. Sœur Clotilde ne vit Denis qu'en passant près de lui. Il y eut un éclat de soulagement dans ses yeux.

— Attends, souffla-t-elle. Va dehors.

Denis alla l'attendre près du portail, dans la rue. Des voitures passaient en contrebas, dans une artère principale, et des camions chargés de meubles. Denis pensa que c'était des gens qui avaient été bouleversés par le bombardement et qui quittaient la ville.

Un instant après, il vit sœur Clotilde sortir des bâtiments et courir vers le portail. Il vit aussi la supérieure qui allait à la rencontre de sœur Clotilde. Elles se rejoignirent au milieu de la cour. La supérieure parlait en agitant les mains. Denis sentit son cœur battre. En définitive, sœur Clotilde écarta la supérieure d'un air las et continua de courir vers lui.

— Tu n'as rien ? dit-elle essoufflée.

— Non, non. Toi non plus ?

— Tout va bien, mon chéri.

Elle l'entraîna dans la loge du concierge. La loge était vide. Elle s'adossa contre un mur.

— J'ai eu tellement peur pour toi, dit-elle en l'attirant contre sa poitrine. Ton quartier a été touché, je l'ai entendu dire cet après-midi.

— Notre immeuble est debout, on n'a rien.

Elle le regardait de la tête aux pieds, le ramenait contre elle, embrassait sa joue.

— Tu as des ennuis avec la supérieure ? dit Denis.

— Non, non... Elle ne se doute de rien. Comment voudrais-tu qu'elle se doute de quelque chose ?

— Je n'ai pas dit ça. Elle n'a pas l'air de m'aimer, c'est tout. Je lui ai parlé tout à l'heure.

— Elle est énervée, comme tout le monde.

— En tout cas, c'est pas le plus grave, dit Denis. Maman a parlé de me faire quitter la ville. Elle l'a dit à papa et il était d'accord. Il est toujours d'accord sur ce qu'elle dit.

Sœur Clotilde l'écarta d'elle, effrayée.

— À cause de moi ?

— Oh, dis, reviens sur terre. À cause du bombardement !

— Et quand ?

— Quand quoi ?

— Quand veulent-ils te faire quitter la ville ?

— Tout de suite. Demain, après-demain, est-ce que je sais ! Ils veulent m'envoyer chez tante Irène. Tante Irène, c'est la sœur à papa. Elle habite près de Nîmes. On le bombardera jamais, son patelin.

— C'est impossible. Oh, non, tu ne peux pas me laisser.

— C'est à eux qu'il faut le dire, pas à moi.

— Tu ne peux pas me laisser, répéta-t-elle en secouant la tête. Je ne veux pas. Je trouverai quelque chose. Je vais quitter le pensionnat, moi aussi, voilà. Je vais demander à rejoindre ma famille quelque temps, n'importe quoi. Je trouverai quelque chose.

— Mes parents n'attendront pas, tu sais.

— Et tes études ? Tu ne feras plus rien chez ta tante. Tu leur as dit ?

Et puis voilà, c'est ainsi que tout arriva. Il eut une idée soudaine, merveilleuse et terrible, oui terrible, car son cœur s'arrêtait de battre, et au même instant, il savait qu'elle avait exactement la même, que son cœur s'arrêtait de battre aussi. Il la tenait par les coudes, serrant très fort, il la regardait en face, dans ses yeux bleus.

— Je suis fou, dit-il, mais si tu peux quitter le pensionnat, où...

Elle mit une main sur la bouche de Denis, et dit, elle, très vite :

— Oui, oui, c'est ça, oui. Je demanderai à tes parents de t'emmener chez nous. Tu es un enfant, ils savent qui je suis, ils auront confiance.

— Oh, oui !

Denis se jetait joyeusement contre elle, l'embrassait sur tout le visage, fou en effet :

— Où irions-nous ?

— Oh, ça, plus loin que Nîmes. Le tout est qu'il n'y ait personne en ce moment. C'est une maison de mes parents en Haute-Loire. J'y suis allée me reposer plusieurs fois, ces dernières années. Mais il me faut quelques jours pour arranger ça, il faut que tu gagnes quelques jours.

La joie de Denis était trop forte, il eut peur d'espérer quelque chose d'impossible. Avec elle, sans coupure. Ce serait trop beau, trop incroyable. Il pressait sa bouche contre la joue de la religieuse, et elle dut le tenir par les épaules pour l'écarter.

— Il faut que tu partes maintenant. Crois ce que je te dis, mon chéri. Je ferai n'importe quoi, mais j'y arriverai.

Elle gardait sa main dans la sienne lorsqu'ils sortirent de la loge. Elle s'en alla sans se retourner, la tête penchée, les épaules droites, longue silhouette blanche parmi les étrangers qui étaient dans la cour. Lorsqu'elle eut disparu, Denis donna un grand coup de pied dans le portail de fer et se fit mal.

Tard dans la soirée, sœur Clotilde put avoir un entretien avec la supérieure. Elles marchèrent côte à côte à travers les cours désertes. La religieuse ignorait encore comment présenter sa requête. Elle n'eut pas besoin de la présenter. Ce fut la supérieure qui parla :

— Savez-vous que sœur Marthe nous quitte au

début du mois ? Elle rejoint son jeune frère en Avignon, dans le Vaucluse. Par les temps que nous vivons, il aura besoin d'elle.

— Justement, dit sœur Clotilde avec un petit rire, j'ai la même faveur à vous demander.

— Vous désirez partir aussi ? Ne pouvez-vous attendre les vacances ?

— Eh bien, je resterai jusqu'aux vacances puisque le départ de sœur Marthe vous ôte un professeur, mais j'aurais aimé rejoindre mes parents, moi aussi, être près de maman — enfin, vous voyez — on ne sait plus ce qui peut se passer.

— Je comprends, dit la supérieure. Cette journée vous a bouleversée.

Elle leva les yeux vers les feuilles des platanes dans la cour.

— L'été vient tôt, cette année, dit-elle. Je ne pense pas que sœur Marthe nous manquera. La plupart des élèves quitteront la ville avec leurs parents. Les gens sont affolés par ce bombardement, ils s'attendent à un débarquement dans le Sud. Vous croyez à un débarquement, vous ?

Sœur Clotilde se taisait. Elle continuait de marcher à côté de la supérieure, à pas lents, les yeux à terre.

— Je crois que c'est possible, dit la supérieure. Je parle de votre départ, bien entendu. Vous irez à Villarguier, comme les autres années, n'est-ce pas ? Vos parents seront avec vous ?

— Oui, dit sœur Clotilde. Merci, ma mère, merci. Pourrais-je partir en même temps que sœur Marthe ?

— Ne soyez pas si impatiente, dit la supérieure.

Vous pourrez partir au début du mois. De toute façon pour cette année, j'ai bien peur que les classes ne soient terminées.

Déjà elle s'intéressait à une autre idée, marchant dans la cour, contemplant les platanes, hochant la tête à chacune de ses phrases. Sœur Clotilde ne l'écoutait plus.

Et rester avec lui le jour, la nuit. Comme tout semblait simple à présent. Elle n'aurait pas de peine à décider les parents du garçon. Elle leur présenterait l'image d'une sorte de colonie de vacances, elle leur laisserait supposer qu'il y aurait d'autres enfants avec leur fils. Jusqu'à ce qu'ils soient ensemble à Villarguier, la supérieure ne saurait pas qu'elle avait emmené Denis. Plus tard, elle trouverait bien une explication. De toute manière, c'était *plus tard*, alors pourquoi s'en soucier ? Au présent, je suis avec lui, je ne le quitte plus, je suis dans ses bras, je l'aime. Se pouvait-il qu'il y eût sur terre un semblable bonheur ? Elle revint à la réalité, essaya d'écouter la supérieure.

— ... Il n'y aura pas d'examen de passage cette année. À la rentrée, nous ferons une sélection sur les notes de classe...

Mais déjà elle n'entendait plus, revoyait son propre visage dix ans plus tôt, elle, vraiment elle, sur terre, et Denis sur terre, et la terre, et le bonheur d'être sur terre, de marcher dans cette cour, d'attendre une nouvelle somme de bonheur, et le bonheur de revoir son propre visage dix ans plus tôt, cinq ans plus tôt, et de marcher encore, sur cette terre, avec ce bonheur.

— Vous verrez, disait la supérieure, cela ne durera pas, tout redeviendra normal, comme par le passé...

Le passé ? Quel passé ? Elle gardait un visage tranquille, haussant les épaules en elle-même, à l'idée de ce passé qui n'existait pas, qui n'existerait jamais puisqu'elle était là, avec lui, dans ce court instant, dans cette courte vie, étant la vie elle-même, oui, et le bonheur même, jusqu'au bout de quelque chose qui n'avait ni commencement ni fin.

XX

Il y avait la maison. Longue, basse, aux volets verts. Elle était posée sur le bas du coteau et on pouvait voir la vallée, des fenêtres, avec des champs et des prés de toutes les couleurs. Sur la droite, contre une forêt de sapins, il y avait le village. Le village avait un visage gris et disséminé. Tout autour, on voyait des bâtisses avec des granges. C'était Villarguier.

— C'est magnifique, dit Denis.

Il posa des bagages près de la porte et revint dans le chemin. Il l'aida à porter d'autres valises qu'ils placèrent dans la cuisine. Ils ouvrirent des volets, des portes. Sur un mur, dans un cadre, il vit une photo jaunie de son amie enfant, en uniforme du couvent, visage délicieux et triste.

— C'est vraiment magnifique, répéta Denis.

Elle ne disait rien. Elle riait de son rire clair, le même que ce jour, longtemps avant, où ils avaient marché pour la première fois ensemble, au sortir de l'hôpital.

Elle passa un tablier gris, un vieux pull à carreaux rouges que toutes les cousines Bryas, lui dit-elle, avaient porté.

Ils rangèrent les affaires et cela leur prit le reste de l'après-midi. Le voyage, en dépit de deux changements de train, n'avait pas été fatigant. Vers le soir, lorsque tout fut en ordre, elle fit des pommes frites et une omelette au lard. Ils dînèrent côte à côte sur la table de la cuisine, serrés l'un contre l'autre, et Denis dit « au diable » et mangea les frites avec ses doigts.

Il y avait deux pièces en bas et une sorte de débarras où Denis avait rangé les valises vides. Dans la seconde pièce il y avait un lit bas, des fauteuils couverts de housses blanches et une grande fenêtre. Denis disait que c'était sa pièce préférée.

— Ce sera notre pièce, disait Denis.

Il était heureux en se mettant à la fenêtre, pour regarder la vallée. La vallée était chaude et lumineuse. Sur le soir, les bêtes rentraient vers l'étable et lorsqu'elles étaient sur le chemin, on entendait le bruit de leurs clochettes. Le soleil descendait lentement sur les collines, là où courait le fleuve, et il devenait tout rouge en disparaissant dans le brouillard de l'eau.

— On se plaira, ici, dit Denis. On ne vivra jamais plus ailleurs.

Il portait un pantalon de toile claire, une chemise bleue ouverte sur la poitrine. Elle l'enlaça par le dos, le fit se retourner pour embrasser sa peau.

— Nous pourrons dormir ensemble la nuit, dit-il.

Je n'ai jamais dormi avec personne. Ce sera encore plus magnifique.

— Montons, dit-elle. Montons vite.

Elle lui prit la main, tourna la clé dans la serrure de la porte d'entrée et l'attira vers l'escalier.

— Passe d'abord, dit-il.

À l'étage, il y avait plusieurs chambres. L'escalier était en bois, comme le parquet de l'étage. Il y avait un lit dans chaque chambre et deux chambres avaient une double fenêtre. Ils prirent celle qui donnait sur le village parce que le lit était meilleur et la pièce plus grande. Ils avaient placé leur linge dans la même armoire et ils se sentaient vraiment ensemble.

L'électricité ne marchait pas. On avait saboté des lignes, quelques jours plus tôt, qui n'étaient pas réparées. La nuit était complètement tombée et les bougies répandaient des ombres fantastiques dans la chambre. Une sauterelle égarée prit, sur un mur, la taille d'un animal préhistorique. Denis fit sortir la sauterelle par la fenêtre ouverte et il se laissa tomber en arrière, sur le lit.

Elle vint près de lui. Elle avait ôté son tablier, son pull, elle était en chemise blanche. Elle passa son bras sous la nuque du garçon et le regarda, l'air soucieux.

— Qu'est-ce qu'il y a ? dit-il.

— Il faudra faire attention. Nous allons faire jaser, tu sais.

— Et alors ?

— Tais-toi, mon chéri. Il y a mes parents. Tout le monde nous connaît, ici. Je n'ai pas le droit d'infliger une telle honte à mes parents.

— Ce n'est pas une honte ! protesta Denis.

— Pour nous, non, pour eux, oui.

— Qui eux ?

— Les autres. (Après un silence, après un baiser :) En plus, tu penses, ma supérieure va me surveiller, de loin.

— Comment ça ?

— Le curé, au village.

Il haussa les épaules contre le lit.

— C'est important pour moi, dit-elle.

— Qu'est-ce que tu risques ?

— Je devrais quitter le voile, je... enfin tout.

— Pourquoi ne le quittes-tu pas ? Ta manière d'agir ne tient pas debout.

Elle fut encore plus triste et il s'en voulut.

— Pardon, dit-il. Mais je trouve que ce serait mieux pour toi, maintenant. Tu n'as plus rien à faire avec ça.

— Je ne peux pas.

Elle laissa aller sa tête sur le lit et ferma les yeux.

— Ne réfléchissons plus, dit-elle. Peu importe si ma manière d'agir ne tient pas debout. Je n'ai pas de courage.

— Tu n'as pas confiance en moi. Le reste est établi. C'est ce qui t'enlève ton courage. Tu as peur de tout gâcher, voilà.

— Mais non, ce n'est pas ça, soupira-t-elle. Je ne sais plus. Je ne veux pas réfléchir. Je veux vivre avec toi, c'est tout. Vivre. Ce n'est pas difficile de vivre.

Il y eut autre chose ce premier soir. C'était beaucoup plus tard, la fenêtre était ouverte, un souffle de vent faisait danser la lumière des bougies dans la chambre. Ils étaient allongés l'un contre l'autre, enlacés, lui en pyjama bien repassé par maman, elle en chemise de nuit de pensionnaire qui la couvrait jusqu'aux chevilles. Ils se taisaient depuis plusieurs minutes quand brusquement Denis se mit à rire, la secoua au bord du sommeil, disant :

— C'est pas croyable ! Personne ne le croirait !

— Quoi ?

Elle riait aussi, sans savoir.

— Eh bien, cette nuit, ici, nous ! C'est pas croyable !

Elle le renversa sur le dos, elle lui dit, l'index tendu, haletante :

— C'est vrai ! Tout est vrai ! Tout. Toi, moi, la maison, tout. Même les trains que nous avons pris, même le bruit des trains que j'ai dans les oreilles. Tu l'entends ? Tout est vrai !

Elle se tut soudain, index immobile, couchée sur Denis, un coup d'absence dans ses yeux bleus. Elle se rappelait une de leurs promenades à travers la ville, un soir de mai. Il avait voulu lui montrer « un endroit à lui ». C'était, non loin de son collège, au bout d'une longue rue déserte, un cimetière d'autos, un terrain vague couvert de vieilles carcasses rouillées, sans roues ni portières, où il venait jouer les as du volant avec Pierrot, l'année d'avant. Pour se justifier, il avait dit, avec un sérieux effrayant : « On était petits. »

— Oh, viens, dit-elle. J'ai une preuve !

Elle sautait du lit, ouvrait les tiroirs d'un meuble, n'y trouvait pas ce qu'elle cherchait, disparaissait dans une autre chambre. Denis la retrouva devant l'escalier. Elle lui montrait un trousseau de clefs, prenait sa main pour qu'il descende avec elle.

— Viens, tu vas voir. Viens.

— Où ça ? Écoute, tu me tues, moi ! Qu'est-ce que tu veux me montrer ?

— Je te dis que tu verras.

Il n'y avait pour toute lumière que ce rectangle découpé dans le noir, leur chambre. En bas, elle rouvrit dans l'obscurité la porte d'entrée, l'entraîna dehors, pieds nus comme elle. Sans lâcher sa main, nuit claire et bruissante autour d'eux, elle lui fit contourner la maison et traverser une cour herbeuse où il vit la silhouette d'un vieux puits, d'une grange.

— Attends, mon chéri, c'est compliqué.

Elle s'était arrêtée devant une lourde porte à deux battants, en ogive, elle égrenait les clefs de son trousseau, en essayait plusieurs avant de trouver la bonne. En pyjama et longue chemise, ils poussèrent ensemble les battants qui grinçaient.

— Regarde, dit-elle, tout est vrai.

Ils contemplaient, face à eux, dans la clarté du dehors, l'avant d'une grosse voiture. Elle devait être de couleur sombre, et quand Denis passa la main sur le capot, il comprit qu'elle était couverte de poussière.

— Qu'est-ce que c'est ?

— Une Chenard-Walker. Elle pourrait marcher, tu sais. Elle a un moteur, tout.

— Elle est à ton père ?

— Oui. Il l'a laissée quand les Allemands sont passés en zone Sud.

Elle ouvrit une portière et ils montèrent tous les deux, elle d'abord, puis Denis qui s'installait au volant, le tournait dans tous les sens, touchait des boutons. Elle se rappelait celui qui allumait le plafonnier, mais il ne marchait pas.

— C'est la batterie qui est à plat, dit Denis avec assurance. (Et après avoir imité le bruit d'un moteur :) Dommage qu'on n'ait pas d'essence.

— Tu sais conduire ?

— Non.

— Formidable. Moi non plus.

Elle posait la tête sur son épaule, heureuse. Il était content, lui aussi.

— Ferme la portière, dit-elle, qu'on soit bien.

Il ferma la portière. Ils restèrent l'un contre l'autre, silencieux, Denis tenant le volant. Un peu plus tard, elle s'aperçut qu'il dormait. De sorte qu'ils ne couchèrent pas dans un lit, cette première nuit. Au petit matin, le froid la réveilla et elle sentit que Denis était glacé. Sans le déranger, elle sortit de la voiture, alla chercher des couvertures dans la maison et revint près de lui. Ensuite, tous deux bien au chaud, bien serrés, elle se rendormit.

Les journées étaient très chaudes et très claires. Elle avait retrouvé dans une chambre ses robes de jeune fille et ses jupes d'été. Elle passa quelques soirées à les raccourcir. Elle les mettait pour faire plaisir à Denis lorsqu'ils étaient à la maison ou dans le bois près du chemin. Pour aller au village, le matin, elle gardait son voile et sa longue robe de bure blanche.

Et il lui paraissait plus étouffant et plus insupportable de redevenir, à certains moments, la nonne qu'elle n'était plus.

Lorsqu'ils se rendaient ensemble au village, les paysans se tournaient pour les voir passer. On ne les salua que les premières semaines. Jusqu'au jour où le facteur, portant le courrier à la maison plus tard qu'à l'ordinaire, trouva sœur Clotilde en train de courir dans les herbes, en jupe à fleurs et corsage blanc. Denis la poursuivait et tous deux riaient aux éclats. Elle s'arrêta net, épouvantée, en voyant le facteur. Denis, lui, fut d'une parfaite inconscience. Il riait encore en prenant le courrier. Le facteur baissa la tête et s'éloigna vers le village sans un mot. Il se retourna dans le chemin, en reprenant sa bécane, et il vit la jeune femme aux cheveux courts, blonde, mince et inconnue, qui le regardait. Il haussa les épaules et s'en alla.

Sœur Clotilde restait pensive et triste devant la porte, une lettre de la supérieure encore cachetée dans la main.

— Tu es ennuyée à cause du facteur ? finit par remarquer Denis.

— C'est épouvantable. Tout le village va en parler, de ma jupe.

— Oh, fais pas cette tête ! dit Denis, et il passa une main rassurante dans ses cheveux courts.

— Je les scandalise.

— Tu n'as pas honte ? répliqua-t-il presque sérieusement.

Elle fut d'abord surprise et choquée, puis voyant

son sourire, elle tendit la main et le décoiffa, lui, pour de bon.

— Je te déteste.

— Écoute, je vois pas en quoi elle est scandaleuse, ta jupe ! dit Denis.

— Eux, si ! Pour eux, je suis sœur Clotilde, ils ont toujours...

— Pour moi, tu es... Au fait, tu es qui ? Tu ne m'as même jamais dit ton prénom !

Ils se regardaient stupéfaits, ils en oubliaient le facteur et le village, c'était incroyable, merveilleux.

— Je sais le prénom de toutes tes sacrées cousines et tu ne m'as même jamais dit le tien !

Elle lui échappa et s'enfuit à toutes jambes à travers les prés qui entouraient la maison. Il la rattrapa au bas de la colline, derrière une haie, la fit tomber sur le sol avec lui, s'allongea sur elle, poignets prisonniers, car elle ne cessait pas de se débattre.

— Avoue !

— Non.

Ils étaient tous deux hors d'haleine.

— Je parie que c'est Anastasie, ou Philomène, un truc affreux.

— Non.

Elle essayait de dégager ses jambes, de le renverser. Puis, brusquement, elle renonça. Elle souleva juste un peu la tête, approcha sa bouche de l'oreille de Denis, y posa un baiser.

— Je m'appelle Claude. Voilà. Claudie, Clo-Clo, Claudine, Claudette, comme tu voudras.

Il lâcha ses poignets, la prit dans ses bras. C'était

un prénom bien pour elle. Il trouvait son prénom très angélique, comme son sourire.

— Je t'appellerai Claude maintenant.

Elle murmura qu'elle ne le détestait plus, qu'elle l'aimait.

— Ma petite Claudie, dit-il, ma petite Claudie qui m'aime.

Ils revinrent main dans la main vers la maison.

— La lettre est de qui ? dit Denis.

— La lettre ?

— La lettre que tu as, là. Si c'est un garçon, je t'arrache la peau morceau par morceau.

Elle s'arrêta pour ouvrir la lettre de la supérieure. Elle n'y lut encore aucun soupçon et en fut soulagée.

À partir de ce jour, les paysans ne les saluèrent plus lorsqu'ils passaient devant leurs champs. Denis s'en aperçut comme elle, mais il ne dit rien, ils n'en parlèrent jamais. Au village, les femmes regardaient sœur Clotilde bien en face et toisaient le garçon avec mépris. Lorsque Denis allait seul, à bicyclette, chercher le pain, la boulangère de Villarguier mettait un temps fou à compter ses tickets de rationnement et il sentait qu'elle le servait de mauvaise grâce.

Ce ne fut que plus tard pourtant, au cours de juillet, que les deux amants eurent à souffrir de l'hostilité du village. Tout un mois, ils furent parfaitement tranquilles dans leur bonheur. Les jours se suivaient joyeux et clairs, chaque soir se teintait d'un peu de mélancolie quand au bout du chemin, près d'un petit bois, ils s'asseyaient sur le talus, côte à côte, pour voir disparaître le soleil.

— Un jour de moins, disait Denis. Celui-là, on peut faire une croix, il revient plus.

Et ils sentaient tous deux que leur raison prévalait, face à toutes les autres, puisque la vie était leur seule raison.

XXI

Au début de juillet, un dimanche, sœur Clotilde ne vint à la messe qu'à onze heures. C'était contraire à son habitude, elle se rendait toujours au village pour l'office de sept heures et demie. Moins de monde dans l'église et moins de gens qui la remarquaient. Mais, la veille, ils étaient allés au Puy à bicyclette, ils s'étaient couchés très tard et elle avait attendu que Denis fût réveillé pour quitter la chambre. Lui, il ne voulait plus aller à l'église.

Sur la place, il y avait de nombreux groupes qui attendaient le début de la messe en discutant des événements de la semaine. Elle passa très droite et sentit des regards qui la suivaient. Il y eut même quelques remarques à voix basse, mais elle fit comme si elle ne les entendait pas. Lorsqu'elle entra dans l'église, un long murmure l'accueillit.

— Elle n'a pas honte ! dit une femme tout haut.

Baissant la tête sous les regards, elle alla s'asseoir au fond de l'église, au bout d'un banc, ouvrit son missel. Le murmure persistait, de plus en plus fort, et des exclamations fusaient de toutes parts. Elle ne levait pas la tête, devinant les regards toujours sur elle.

— C'est lamentable, dit la boulangère tout près, c'est lamentable de voir ça.

Son cœur battait à grands coups sourds dans sa poitrine. Elle sentait son voile devenir humide sur son front.

— On le sait, dit un homme, qu'elle préfère se galvauder en jupes courtes, avec son drôle.

On parlait chaque seconde plus hardiment, elle espéra de toutes ses forces que l'office allait commencer. Mais l'office ne commençait pas. Les gens s'interpellaient comme au spectacle, elle entendait leurs exclamations et leurs rires mauvais. Les rires trouvaient leurs échos de rangée en rangée, et à chacun d'eux, tout son corps tressaillait. Elle eût été même incapable de se lever et de partir.

Les gens restèrent tournés vers elle jusqu'à l'entrée du prêtre. C'était un prêtre jeune et grand. Il ne remarqua rien et commença la messe, tandis que les esprits se calmaient.

À l'offertoire, le curé vint près d'elle, sa soutane noire tendue sur de lourdes épaules. Il venait à reculons, observant le prêtre qui continuait son office. Le curé était de taille moyenne et très fort, avec un crâne dégarni, des yeux à fleur de tête.

Il se pencha vers elle.

— J'aimerais vous parler après la messe, ma sœur, dit-il à voix basse.

Elle ne put répondre tant sa bouche était sèche. Il lut dans ses yeux qu'elle disait oui. Les gens regardaient de son côté. Elle vit un homme qui poussait sa femme du coude. La femme se retourna et sourit méchamment.

— Je vous attendrai à la sacristie, dit le curé tout bas.

Et il s'en alla le long des piliers de pierre. L'office terminé, les gens restèrent debout à la regarder. La religieuse se dirigea, droite et pâle, vers l'autel. Elle fit une génuflexion devant l'autel et entendit encore leurs murmures. Ensuite, elle entra dans la sacristie.

Le curé l'attendait.

En la voyant, il sourit et cela lui fit du bien de retrouver un sourire après la malveillance de ces gens. Il ferma la porte. Ils étaient seuls.

— Vous devinez ce que j'ai à vous dire, certainement ? commença-t-il en croisant les mains.

Il la regardait dans les yeux, bien en face, mais elle ne baissa pas le regard. Elle avait retrouvé son calme.

— Oui, dit-il, tout cela est très ennuyeux. Je n'attache, remarquez-le bien, aucune importance aux racontars de mes paroissiens — mais le récit du facteur, l'autre jour...

Elle ne parut pas se démonter. C'était lui qui détournait les yeux, cherchait ses mots.

— Il est certain que les vêtements civils sont plus — comment dirais-je ? — enfin, sont plus légers à porter par cette chaleur... Excusez-moi, mais j'en sais quelque chose. (Il essayait de sourire :) Moi-même, quand je vais me baigner avec le patronage, il faut bien que je porte un maillot. Ça fait rire tous les enfants. Mais on accepte difficilement d'une nonne ce qui amuse chez un pauvre curé...

Il quêtait une réponse à son sourire, un encouragement, quelque chose qui ne venait pas. Elle restait droite, les mains dans ses larges manches, elle le fixait de ses yeux bleus, et il détournait à nouveau les siens.

— C'est très embarrassant pour moi de vous parler de la sorte, reprit-il, le regard sur ses doigts.

— Je sais, dit sœur Clotilde. Je comprends très bien.

— Il serait préférable de ne pas donner prise aux mauvaises langues. Depuis quelque temps... Et puis, il y a ce... cet enfant... Je suis très embarrassé. Vous comprenez, s'ils ne prennent pas soin de leurs pensées, il faut bien que moi je le fasse.

— Je comprends, dit sœur Clotilde.

Il leva une main, les yeux au ciel.

— Remarquez bien, je vous le dis, ces racontars n'altèrent en rien ce que je pense de vous. Je vous ai connue toute petite, et je sais quelle bonne servante de Dieu vous êtes...

Elle ne bougeait pas, visage fermé.

— Seulement, je dois rendre compte à votre supérieure de ce qui se passe et... enfin... vous comprenez ?...

— Je comprends, répéta sœur Clotilde.

Elle marcha vers la porte.

— La supérieure vous a écrit ?

— Oui, dit le prêtre. Elle m'a dit qu'elle ne savait

pas que le garçon était ici. Elle va vous demander de l'éloigner.

— C'est tout ? dit sœur Clotilde, plus pâle.

— Je suis navré, ma sœur. J'espère que...

— Au revoir, monsieur le Curé, dit sœur Clotilde.

Et elle sortit, laissant le prêtre debout dans la pièce, mal à l'aise et soucieux. Il avait été son ami durant les derniers étés où elle était venue à Villarguier. Plusieurs des habitants du village avaient été ses amis. Elle sentait ses mains froides de colère en se rappelant leur amitié.

Denis fut consterné lorsqu'elle lui raconta, en pleurant, ce qui s'était passé dans la matinée. Il la serrait fort contre lui et il tremblait en lui parlant. La voir pleurer le faisait trembler. Elle était douce et désemparée dans ses bras, et il disait :

— Ce n'est rien. Rien du tout. Ne pleure pas. Ce n'est rien du tout.

— Je ne veux pas que la supérieure apprenne la vérité. Je ne veux pas qu'elle écrive à mes parents.

— Ne pleure pas, continuait Denis, essayant de se maîtriser. Ce n'est rien. Ce sont tous des salauds. Ne pleure pas. J'ai mal quand tu pleures.

Elle levait la tête, le voyait bouleversé, s'épongeait les yeux, faisait un effort pour sourire. Avant tout, le préserver, lui. Rien d'autre que lui n'était important.

— Mon Denis, mon chéri, disait-elle.

Et elle continuait de pleurer.

Elle reçut la lettre de la supérieure le mardi suivant. Une lettre sévère et décidée. Elle interdisait formellement à sœur Clotilde de garder le garçon avec elle. Le garçon devait rentrer chez ses parents. La supérieure menaçait d'aller trouver les parents eux-mêmes, si le garçon ne rentrait pas chez lui.

Sœur Clotilde répondit par une lettre d'une humilité, d'une candeur étudiées à deux, disant qu'elle ne comprenait pas qu'on pût avoir des doutes sur la pureté de ses actes et que Denis n'était qu'un enfant charmant et bien élevé. Elle ajouta qu'elle l'avait amené avec elle par solidarité et pour lui permettre de poursuivre son travail. Il était, de plus, assez difficile de le renvoyer chez lui à présent, elle ne pourrait le faire que lorsque les chemins de fer seraient réorganisés.

— C'est bien, dit Denis, lisant la lettre. C'est exactement ce qu'il fallait écrire. Moi je te donne seize sur vingt.

Ils n'allèrent plus au village et la lettre suivante de la supérieure fut plus sereine. Elle avait reçu un rapport indulgent du curé de Villarguier. Elle exhortait seulement sœur Clotilde à se recueillir, et à ne pas oublier les principes de foi et de morale dans lesquels elle avait été élevée.

C'est Denis qui lui dicta la réponse. Une réponse tout angélique et pleine de bons sentiments. De ce côté-là, ils pouvaient être tranquilles encore quelque temps et ils essayèrent tous deux d'oublier ce qui s'était passé, de retrouver leur insouciance des premières semaines.

Les événements eux-mêmes servirent d'ailleurs leur amour. Depuis un mois les troupes alliées avaient débarqué dans le nord de la France et les forces allemandes se repliaient sur Paris. On s'attendait à un nouveau débarquement en Provence. Les parents de Denis supplièrent sœur Clotilde de garder le garçon près d'elle, coûte que coûte. Sœur Clotilde transmit la lettre à la supérieure.

Les esprits au village étaient toujours aussi hostiles, mais les nouvelles de l'avance alliée faisaient oublier les deux amants. D'ailleurs sœur Clotilde n'allait plus à Villarguier que pour poster du courrier, à la nuit tombée, ou pour assister à la première messe du dimanche. Une seule fois, elle alla vers les maisons grises en plein jour. Le matin, le facteur ne les avait pas trouvés à la maison. Il y avait un mandat pour sœur Clotilde et il l'avait laissé sous la porte. L'après-midi, lorsqu'elle traversa le village, un enfant de sept ou huit ans surgit devant elle, avec un revolver de bois, criant :

— Je te tue ! Pan ! Pan ! Tu es mauvaise ! Je te tue !

Elle eut peur — réellement peur — et fit un détour absurde plutôt que d'écarter le gamin. Des femmes riaient sur le pas de leur porte.

Elle n'avait pas retrouvé son calme, tandis qu'elle touchait à la poste l'argent que ses parents lui avaient envoyé, comme chaque mois.

La jeune préposée mit plusieurs minutes à lui remettre l'argent et à vérifier ses papiers. Elle fit même une remarque lorsque sœur Clotilde montra sa carte d'identité barrée en diagonale du tampon : *Nonne catholique*.

— Nonne ? dit la jeune fille.

— Oui, dit sœur Clotilde.

— Ah, bon.

Il y avait deux femmes dans le bureau et la jeune fille se tourna vers elles, pour les prendre à témoin.

— Nonne, dit-elle. C'est une nonne.

— Rendez-moi ma carte, dit sœur Clotilde, d'une voix douce.

— Nonne catholique, dit la jeune fille.

Elle rit en balançant la tête et les femmes rirent aussi. Sœur Clotilde attendit d'être dehors pour ranger l'argent et sa carte dans son portefeuille, et plutôt que de traverser une seconde fois le village, elle préféra revenir à la maison à travers champs.

Le soir, après le dîner, repensant à la gêne qu'elle avait ressentie au bureau de poste, et aux paroles de l'enfant au revolver, elle eut ce que Denis appelait son « coup de noir ». Elle s'accusait, ne restait plus en place, agitait les mains, disait d'une voix précipitée, insupportable : « Ils ont raison, je suis mauvaise ! Je te fais du mal pour toute ta vie, je perds ton âme avec la mienne, je suis un mensonge, je me dégoûte ! Je n'ose pas me regarder dans les glaces parce que c'est un péché, mais je raccourcis des jupes de toutes les couleurs ! Je dis mes dizaines sans penser à rien, en cachette, dans la cuisine, mais il y a des choses que je veux bien faire dans toutes les pièces de la maison ! » Il criait plus fort qu'elle, en se bouchant les oreilles : « Tais-toi ! Tais-toi ! » Une fois, elle en dit tant, et d'une voix si effrayante, et avec des mots qui lui étaient si étrangers, qu'avant d'en être conscient, il la gifla de toutes ses forces, à toute volée. Il la rattrapa par les épaules comme elle perdait l'équilibre, étourdie, et ils restèrent muets d'humiliation, l'un contre l'autre, pendant de longues minutes. Puis il entendit à nouveau sa voix, une voix triste et douce, elle parlait la bouche contre son visage et elle disait : « Voilà ce que je fais de toi. Comment seras-tu après ? Tu continueras d'aller en classe et de jouer aux gendarmes et aux voleurs ? Tu diras s'il te plaît, merci, tu ne mettras plus tes coudes sur la table ?... Non. Tu prendras la vie comme si c'était un compte à régler entre le monde et toi, tu seras déplaisant et hargneux, tu seras tout cassé. Je t'aurai tout cassé. »

Elle ne se montra plus du tout à Villarguier. Ils allaient ensemble acheter leurs provisions au village voisin, et quelquefois, ils prirent le car pour se rendre à Vals qui était à quarante kilomètres. Ils passaient la journée là-bas et déjeunaient au restaurant. Et aussi, ils allaient au cinéma pour faire plaisir à Denis. Denis aimait le cinéma.

Pour avoir des œufs et du beurre, ils montaient jusqu'en haut des collines, dans les fermes isolées, et ils revenaient lentement, s'arrêtant dans les bois pour manger des myrtilles et s'allonger au milieu des fougères.

Passèrent encore les deux premières semaines d'août, jusqu'à la nouvelle de la libération de Paris. Dans l'espèce de torpeur où ils étaient plongés, les amants n'avaient des événements qu'un écho assourdi.

— La guerre, on s'en fout, disait Denis. La guerre, ça ne nous regarde pas. Qu'est-ce que c'est que cette guerre ?

Quand il comprit que tout allait redevenir normal, il s'y intéressa.

XXII

Il était plus de huit heures, un soir, lorsqu'elle revint. Il l'attendait assis sur le seuil de la maison, il grignotait des morceaux de sucre. Elle arriva, des paquets accrochés au porte-bagages de sa bicyclette, et il courut au-devant d'elle pour l'aider.

— Tu as été longue, dit-il.

— Je sais. Il me tardait de rentrer, mais il y a des convois allemands partout, sur la route. On m'a arrêtée trois fois pour me demander mes papiers.

Ils déposèrent les provisions dans la cuisine.

— Qu'est-ce qui se passe ? demanda Denis.

— « Ils » ont débarqué en Provence.

Denis s'était assis sur la table et ses mains serraient le rebord. Elle défit les paquets.

— Paris est libre et les Allemands reculent vers les frontières. On dit qu'il y a des Américains et des Français à moins de cent kilomètres d'ici, mais je n'ai pas pu avoir le journal.

— Alors, on ne pourra plus rester bien longtemps, dit Denis.

Elle balança la tête.

— Mais si. On restera ici jusqu'en octobre.

Puis, se tournant vers lui :

— Je te le promets, mon chéri.

Il baissa la tête.

— Tu ne connais pas maman, dit-il. Attends que les trains roulent, tu verras.

Il alla vers la porte. Le ciel était obscur sur la vallée. Le soleil se couchait et il y avait des lueurs rouges au-dessus des collines. Il s'assit sur le seuil, prit son menton dans ses mains. Elle vint le rejoindre. Elle l'entoura de son bras, mit sa tête blonde contre sa poitrine.

— Ne sois pas cafardeux, mon chéri.

— Un jour encore qui s'en va, dit-il. Combien il nous en reste ?

— Il nous reste toute la vie, mon chéri.

Et lui, plus bas :

— Oui — toute la vie. Mais pourquoi faut-il que cette guerre d'idiots se termine ? J'espère bien que les Boches vont sortir les autres de chez nous et qu'il y aura de nouveaux bombardements.

Elle lui ferma la bouche.

— Ne dis pas ça. Nous restons ici.

Dans la chambre, plus tard, couchés l'un près de l'autre, visage contre visage, ils gardèrent les yeux ouverts dans l'obscurité.

— Claudie.

Elle se souleva.

— Oui.

— Quand il faudra rentrer, on se tuera tous les deux, voilà.

— Tu veux tuer tout le monde, toi, ce soir.

— On se tuera, dit Denis.

Un baiser.

— D'accord. On se tuera.

— Tu es vraiment heureuse ? Est-ce que tu es vraiment heureuse avec moi ?

Un autre baiser.

— Ne sois pas triste. Je suis heureuse, tu le sais bien.

Elle le sentit soupirer et hausser les épaules contre les draps.

— Ne pense plus à tout ça, mon chéri. Nous restons ici.

— Longtemps, dit Denis.

— Veux-tu que je t'allume une cigarette ? Ne sois pas triste.

Elle alluma une cigarette dans l'obscurité, la lui donna.

— Tu sais quoi ? Je te vois, avec la petite lumière rouge, dit-elle. Ne sois pas triste.

Elle se pressa contre lui, l'embrassa encore.

— Cette guerre d'idiots, dit Denis.

Un autre soir, — deux jours, trois jours après — alors qu'ils faisaient un tour avant d'aller dormir, brusquement, dans le chemin qui menait à la maison, des phares s'allumèrent dans la nuit et les éblouirent, à moins de dix pas d'eux.

Une voix allemande leur commanda de rester où ils étaient, immobiles.

C'était quatre soldats de la Wehrmacht, dont un officier, qui s'étaient égarés avec un camion. Ils étaient tous très jeunes. Même l'officier, qui s'approcha le premier dans la lumière des phares, ne semblait pas avoir plus de vingt ans. Ils n'avaient pas d'armes, ils s'efforçaient de montrer qu'ils n'étaient pas hostiles, mais on racontait tant de choses, cette semaine-là, que Denis et son amie s'étaient instinctivement rapprochés l'un de l'autre, le souffle arrêté net.

Aucun des quatre ne parlait français. L'officier répétait :

— Pas peur, pas peur !

Il montrait à Denis ses mains ouvertes, vides, il se frappait de l'index sur la poitrine, il désignait les autres avec un sourire figé, comique, qu'il voulait rassurant.

— Nous camarades ! Nous guerre finie ! *Deutschland* ! Famille ! Tu comprends ? Nous camarades !

À un moment, l'un des soldats, derrière lui, se mit à crier. Il criait quelque chose que Denis eut du mal à comprendre et qui, sur l'instant, déclencha chez lui un rire nerveux, il ne sut jamais pourquoi. C'était :

— Moi, Autrichien ! Socialiste ! Socialiste !

L'officier le fit taire. Il dit en allemand, d'une voix coléreuse, quelque chose qui devait être : « Boucle-la, imbécile, tu les terrifies ! »

Ils étaient tous les quatre autour d'eux, maintenant. Denis remarqua qu'ils avaient arraché leurs insignes, et que même l'officier était nu-tête. Claude parlait allemand. Denis lui dit :

— Ils n'ont qu'à aller vers le sud. Ils se rendront au premier soldat américain venu. Dis-le-leur. Dis-leur que les Américains sont tout près.

Elle le leur dit. L'officier l'écouta et secoua la tête. Il parla en allemand. Denis entendit le mot *kaputt.*

— Ils ne veulent pas rebrousser chemin, dit Claude. Il dit que les maquisards sont partout et les tueront. Ils veulent rentrer en Allemagne.

— D'où ils viennent ?

Elle le demanda à l'officier.

— Ils étaient dans une base près de Marseille. Ils ont quitté leur convoi du côté de Saint-Agrève, à la tombée de la nuit.

L'officier faisait oui de la tête à mesure qu'elle traduisait. Puis il tendit la main et prit le pull de Denis entre le pouce et l'index. Il dit quelque chose en allemand.

— Il veut des vêtements civils, dit Claude, il veut nos vêtements.

— Vêtements, répéta l'officier en hochant la tête. Vêtements.

Il suppliait Denis du regard, puis la jeune femme. Il y avait de grandes ombres sur la route illuminée.

— Dis-leur qu'on n'a pas de vêtements à leur donner, dit Denis. Dis-leur de nous laisser tranquilles.

Elle ne traduisit pas. Au bout d'un silence, les quatre Allemands attendant immobiles devant eux, elle dit à Denis :

— Donne-leur ton pull. Donne-leur ta chemise. Faisons-le. C'est mieux de le faire.

Denis obéit. Quand il fut torse nu et que l'officier fit passer les vêtements, deux des soldats ôtèrent leur vareuse. L'officier regardait Claude. Elle enleva elle aussi la veste de laine qu'elle portait, puis un chemisier à manches courtes, brodé, sur le cœur, aux initiales d'une de ses cousines : L. B., Lou Bryas. Ce fut l'officier qui garda le chemisier. Personne ne parlait. L'officier ôta lui aussi sa vareuse et en couvrit les épaules nues de la jeune femme qui frissonnait, autant d'énervement que de froid, dans la lumière des phares.

Ensuite, il se tourna vers le soldat qui avait enfilé le pull de Denis et il lui dit quelque chose en allemand. Le soldat alla au camion et revint avec une boule de pain noir et une grosse boîte en fer. Claude refusa de les prendre.

— Beurre, dit l'officier à Denis. Très bon.

Les épaules serrées dans le chemisier brodé de Lou Bryas, qu'il ne pouvait même pas boutonner, il avait l'air ridicule et inoffensif. Denis prit le pain et la boîte en fer.

— Il ne faut pas, lui dit Claude. Ce n'est pas pour ça que nous les aidons. C'est mal.

— Cette blague, dit Denis. Demande-leur s'ils ont de l'essence.

Elle refusa de le demander.

— Benzine, dit Denis à l'officier.

On lui donna un bidon d'une vingtaine de litres. L'officier fut le dernier à remonter dans le camion.

Avant de le faire, il demanda quelque chose à Claude, mais elle secoua la tête sans répondre, droite dans la vareuse allemande qu'elle tenait fermée sur elle à deux mains, et il dit à Denis :

— Toi, tu viens Munich un jour. Tu comprends ? Famille. Très joli.

Ils partirent tous phares éclairés, en montant sur les bas-côtés du chemin pour faire demi-tour. Claude et Denis, l'un près de l'autre, suivirent des yeux, longtemps, les faisceaux des phares à travers la campagne. Denis était sûr qu'ils se feraient prendre un peu plus loin, soit par les leurs, soit par les maquisards, et que de toute manière ils ne verraient pas le lever du jour.

Les Américains passèrent le lendemain.

Claude en voulait à Denis d'avoir accepté ce que les déserteurs allemands leur avaient donné. Elle disait qu'elle ne le reconnaissait plus quand il agissait de cette manière. Elle disait qu'elle avait eu le sentiment, à un moment, d'avoir avec les soldats en fuite quelque chose en commun : eux aussi, pour se rassurer, prenaient des vêtements auxquels ils n'avaient pas droit. Elle disait :

— Je ne peux pas expliquer. Mais c'est mal d'avoir fait du troc, c'est laid, c'est contre nous.

— Je comprends rien, disait Denis, je comprends rien à ce que tu racontes.

Il emporta la batterie de la voiture cachée dans la grange et la fit recharger. Ils ne retrouvèrent pas la clef de contact, mais il batailla un après-midi pour trouver comment on peut faire partir un moteur en branchant un fil, et quand il se donnait le mal de comprendre quelque chose, il comprenait.

Les vingt litres d'essence ne leur firent pas la semaine. Ils roulèrent d'abord sur le chemin devant la maison, puis ils s'enhardirent jusqu'à la route de Montfaucon, qui était goudronnée. Ils prenaient le volant tour à tour et celui qui ne l'avait pas n'arrêtait pas d'assourdir l'autre :

— Appuie sur la pédale à droite ! Non, à droite, à droite ! N'accélère plus, on va capoter ! Attends, moi j'ai compris, je vais t'apprendre.

Denis était fou de cette voiture.

— Tu l'aimes mieux que moi, disait Claude. Un de ces jours, je l'envoie dans un arbre exprès.

Il fit aussi du troc avec les Américains et les goumiers d'Afrique du Nord qui traversaient le pays par vagues successives. Il eut encore un peu d'essence.

Un jour, en faisant un détour pour éviter Villarguier, ils allèrent au Puy dans la voiture, et revinrent vivants. Puis, Claude apprit qu'on réquisitionnait à nouveau les véhicules. Ils durent rentrer leur jouet dans la grange et reprendre leurs bicyclettes.

Quelquefois, à la tombée de la nuit, la jeune femme ne voyait plus Denis dans la maison. Elle était sûre de le retrouver au volant de la Chenard immobile, la tête dans ses bras, tranquille, l'esprit dans les nuages, un enfant comme autrefois, et elle venait faire de l'auto-stop.

Vers la fin du mois d'août, pour fêter les événements, il y eut des réjouissances dans tout le pays.

C'était des bals dans chaque village et du vin qui coulait sur les comptoirs de bois installés sur les places. Denis et Claude se rendirent deux ou trois fois dans les villages voisins, où personne ne les connaissait.

Un dimanche, à Nimers, un hameau à quelques kilomètres de Villarguier, ils dansaient, maladroits encore mais joyeux, au milieu de l'effervescence générale. On entendait la musique nasillarde d'un vieux phono, placé sur une table de café. Les haut-parleurs qui la renvoyaient sur la place n'arrivaient pas, par moments, à traverser les cris et les rires.

Plus tôt, ils avaient assisté, dans la salle du café, à la projection d'un film américain d'avant-guerre : *Ramona*, avec Don Ameche et Loretta Young. C'était l'histoire d'un Indien qui épousait une Blanche et à la fin, on le tuait parce qu'il avait volé un cheval. En vérité, il n'avait pas *volé* le cheval, il voulait seulement trouver plus vite un médecin pour leur enfant qui était malade. Dans la salle, tout le monde pleurait.

Après quelques danses, ils allèrent transpirants et assoiffés boire un verre de cidre. Ils se faufilèrent entre des personnes gesticulantes jusqu'à un comptoir fait de caisses de bois et de planches grossièrement clouées. Il y avait des drapeaux et des croix de Lorraine partout.

— Deux cidres, dit Denis.

Les femmes qui servaient n'entendaient pas et on devait crier.

— Deux cidres, madame ! répéta Denis.

Il se tourna vers son amie. Elle était subitement pâle. Il regarda autour de lui et comprit pourquoi : le fils du boulanger de Villarguier bavardait à quelques mètres, dans la foule, avec deux autres jeunes gens. Il faisait de grands gestes, et on voyait sa figure se congestionner en parlant.

Il regardait les deux amants avec un sourire ironique, et à un moment, Denis le vit pousser ses compagnons du coude.

— Quel enflé ! murmura Denis. On est libres, non ?

— Oui, mon chéri, ça ne fait rien.

— On s'en va ?

— Non, ce serait malheureux ! On continue d'apprendre à danser.

Il sentit sa main qui cherchait la sienne, il vit qu'elle avait repris des couleurs. Il se tourna de nouveau vers le comptoir.

— Deux cidres pour la sœur ! cria une voix près d'eux.

Il y eut un éclat de rire des jeunes gens et le fils du boulanger, cheveux noirs et figure poupine, leva le bras.

— Deux cidres pour la sœur ! répéta-t-il.

— Voilà, voilà ! dit une femme au comptoir.

Et elle servit du cidre dans deux verres. Denis tendit un verre à sa maîtresse et ils burent en se regardant. Le fils du boulanger se faufilait vers eux.

— Pourriez-vous m'accorder la prochaine, mademoiselle ? dit-il d'une voix un peu rauque.

Il était pâle à présent, et Denis vit qu'il tremblait.

Sœur Clotilde lissa sa jupe de la main, une jupe

humide sur ses jambes. Elle regardait l'abruti dans les yeux, sans perdre son sourire.

— Si vous voulez, dit-elle, pourquoi pas ?

Denis fit un geste pour la retenir, mais déjà, elle entraînait le jeune paysan vers le groupe de danseurs. La musique éraillée reprenait. Avec un sentiment inconnu, très désagréable, Denis la regarda se placer d'elle-même dans les bras de son cavalier.

— Il a gagné son pari, dit une voix près de lui.

Denis fit volte-face. Les deux autres étaient là et ils avaient les yeux fixés sur lui. Ils étaient habillés des dimanches. À la boutonnière de leur veston trop court éclatait une grosse fleur rouge.

— Ça va ? dit l'un.

— Comme ça, dit Denis. Tu veux ma photo ?

Les deux autres détournèrent le regard. Denis s'en alla et s'appuya contre un poteau de bois bariolé. Il se sentait en colère contre eux et contre elle. La danse était interminable et il se rapprocha de la foule. Il voyait le fils du boulanger entourer la taille de la jeune femme. Le fils du boulanger parlait, en dansant, et elle souriait. Lorsque ce fut fini, les autres danseurs restèrent sur place, attendant la suivante, mais Claude et son cavalier revinrent vers lui. Elle relevait ses cheveux en marchant.

« Elle a une allure merveilleuse, se dit Denis. Elle a une taille comme personne, un visage ravissant, elle est longue et belle, et elle marche comme une fée dans ses nu-pieds. Elle a aussi les cheveux les plus magnifiques qui soient. Sûr qu'elle est très bien. »

Il était tout près de la détester.

L'autre avançait près d'elle en s'épongeant le visage avec un mouchoir rayé. Il avait l'air fourbu et plus vieux qu'il n'était. Il ne devait guère avoir plus de vingt ans. Il était fort mais gauche, et Denis ne doutait pas de l'avoir à sa main s'il se battait avec lui.

— C'était long ? dit Claude en arrivant près de Denis, son corsage entrouvert sur la gorge.

— Boutonne-toi, dit Denis sèchement.

Elle ne voulut pas remarquer sa mauvaise humeur. Elle boutonna le haut de son corsage, prit son bras, se retourna vers le fils du boulanger. Il les regardait l'un près de l'autre et toute son ironie avait disparu.

— Je suis ennuyé pour tout à l'heure, dit-il. Je suis bête, vous savez... Je voulais pas... Mais j'ai...

— C'est sans importance, dit la jeune femme. Ça ne fait rien. Je danse aussi mal que vous.

Il se balançait sur lui-même, son mouchoir à la main, les cheveux sur les oreilles. Il était presque violet, tant il transpirait.

— Merci, dit-il après un pénible silence.

Il regarda Denis et s'en alla. Il disparut dans la foule. Elle entraîna son amant.

— Fâché ? demanda-t-elle, le visage jouant à être inquiet.

Il dit non. Elle avait pris sa main qu'elle serrait très fort.

— Continuons, dit-elle. Continuons, tous les deux. Rien que tous les deux.

Elle fut gaie tout le reste de l'après-midi. Comme si rien ne s'était passé.

Au retour vers la maison, ils roulèrent à bicyclette

l'un à côté de l'autre, lentement, dans le soir qui tombait. Ils s'arrêtèrent dans un bois, à mi-chemin. Elle était fatiguée, elle avait chaud. Ils entrèrent dans le bois et marchèrent dans l'ombre des sapins. Ils s'allongèrent au milieu des fougères. Il la regarda fermer les yeux et s'étirer. La transpiration faisait des taches humides sur son corsage, sur sa jupe.

— Tu es en nage, dit-il. Tu es bien ici ?

— Oui. Et toi ?

— Puisque je suis avec toi.

Il relevait sa jupe sur ses jambes lisses, il caressait sa peau. Elle riait, puis elle ne riait plus. C'était lui à présent qui défaisait un à un les boutons de son corsage. Elle dit, d'une drôle de voix : « Tais-toi », alors qu'il ne parlait pas. Les fougères étaient hautes autour d'eux, ils étaient comme retirés du monde. Il n'y avait qu'un grand morceau de ciel déjà obscur au-dessus d'un abîme de douceur.

Ils surent le lendemain que le fils du boulanger de Villarguier les avait vus entrer dans le bois et s'embrasser.

XXIII

La supérieure arriva un samedi, vers le milieu de septembre. Elle avait écrit auparavant deux fois, et ses lettres étaient restées sans réponse. Il n'y avait rien à répondre. Ils attendirent toute la journée et elle vint le soir, droite, blanche, le long du petit chemin, sa valise portée par un garçon de l'âge de Denis Devant la maison, elle s'arrêta et renvoya le garçon. Elle lui donna un billet. Il partit en sifflotant, après avoir longuement regardé les deux amants immobiles sur le seuil. La supérieure reprit sa valise et avança jusqu'à la porte. Sœur Clotilde tenait la main de Denis et la serrait très fort.

— Bonsoir, dit la supérieure.

— Bonsoir, ma mère, dit la jeune femme.

Elle lâcha la main de Denis et Denis ne dit rien.

— Bonsoir, mon garçon, insista la supérieure.

Denis ne répondit pas.

La jeune femme prit la valise et fit entrer la supérieure. La supérieure avait des taches noires sur sa robe. Elle paraissait fatiguée. Sœur Clotilde avait préféré garder une de ses jupes d'été, mais la supérieure ne lui fit aucune remarque. Denis vit qu'elles portaient toutes les deux le même anneau argenté, à la main gauche. Elles entrèrent dans ce qui avait été sa pièce préférée, *leur pièce*, et il s'en alla vers le bois.

Il passa près des arbres et prit de la résine sur ses doigts. Ensuite, il se coucha au milieu des herbes et des brindilles de sapin. Il sentait la résine collée contre ses ongles et il mit son index à la bouche pour le sucer. Le soir tombait lentement. Un hanneton grimpa le long de sa chemise. Denis rejeta le hanneton et le regarda disparaître sous les herbes. Il leva les yeux et vit le ciel s'assombrir au-dessus du village. Sur les montagnes, le soleil brillait encore tout jaune. Denis remit son index dans sa bouche et ferma les yeux.

Elle restait assise sur le divan bas, étudiant la jeune femme qui se tenait muette près d'une fenêtre.

— Où est le garçon ? demanda-t-elle.

— Il est parti dans le bois, dit sœur Clotilde d'une voix lasse. Il ne veut pas être là en ce moment.

— Nous serons mieux pour bavarder, dit la supérieure.

Elle croisa ses mains et se leva. Elle s'approcha de la jeune femme debout en contre-jour, le dos tourné.

— Viens t'asseoir près de moi, lui dit-elle. Je te verrai mieux.

Sœur Clotilde se retourna, la regardant bien en face. La supérieure remarqua pour la première fois combien elle était belle et la profondeur qu'avaient ses yeux.

— Vous ne voulez pas que nous dînions d'abord ? dit la jeune femme aux cheveux bouclés. Nous pourrons avoir cette conversation demain. Vous devez être morte de fatigue après ce voyage.

— Je suis fatiguée, dit la supérieure, oh oui, fatiguée, écœurée, mais je désire que tout soit net ce soir. Demain je te ramène et je le ramène. Il y a un train vers midi. De toute manière, je ne peux pas m'absenter très longtemps. Voilà. Il faut que tu comprennes, et que tu m'obéisses.

— Je ne peux pas.

— Oui, tu peux ! dit la supérieure en la prenant par les épaules. Il n'y a pas d'autre solution, entends-tu ? Il n'y a que ce train qui nous ramène tous les trois, lui chez ses parents, toi chez nous.

Ensuite, elle voulut monter à l'étage. Elle demanda où était la chambre de Denis.

— Nous avons la même, dit la jeune femme.

La supérieure ouvrit la porte de leur chambre. Jusque-là, elle s'était contenue, mais, en voyant le lit, elle sembla instantanément plus ridée, plus voûtée, vieillie. Elle se retourna vers sœur Clotilde et leva un bras pour la gifler, avec désespoir, mais la jeune femme la retint par le poignet.

— Je vous en supplie, dit sœur Clotilde. Je vous en supplie.

La supérieure la poussa dans la chambre. Sœur Clotilde s'assit sur le lit et se mit à pleurer. Après un long silence, la supérieure vint devant elle et dit :

— Arrête, ça n'arrange rien. Regarde-moi.

Sœur Clotilde leva la tête et la regarda.

— Au pensionnat, c'était ça, déjà ?

— Oui.

— Quand ?

— Je ne sais plus. J'avais peur, je savais que ça arriverait, je n'y pouvais rien. J'ai essayé de...

— Quand ? répétait la supérieure.

— Chez Madeleine.

— Tu me dégoûtes !

Elle secouait la jeune femme par les épaules, la secouait, puis brusquement elle porta une main à son cœur, elle dut s'asseoir. Elle dit après plusieurs secondes, d'une voix essoufflée, pénible :

— Tout est de ma faute. Je n'ai pas fait attention à toi. Tu étais sous ma garde et je ne t'ai pas protégée. Tu avais besoin de moi et je n'ai rien compris, rien ! C'est ma faute.

— Ce n'est la faute de personne.

— Tu vas rentrer avec moi, dit la supérieure.

— Je ne peux pas.

— Quoi, qu'est-ce que tu ne peux pas ? Tu pouvais mentir ! Tu pouvais sourire au milieu de cette... cette...

Elle ne trouvait pas de mot assez laid.

— Et ça ? Tu pouvais ? (Elle crispait une main ridée sur la couverture, comme pour l'arracher du lit.) Et ça ? (Elle tirait sur le corsage de la jeune femme, juste au-dessous de l'épaule.) Qu'est-ce que tu ne peux pas ? Et qu'est-ce que tu pourras encore ? Regarder tes parents en face ? Regarder les siens ? Le regarder, lui ? Tu le pourris, tu le tues, et tu le regardes ?

Sœur Clotilde se remit à pleurer.

— Je vous en prie, ne dites pas ça.

— Que je ne dise pas quoi ? Que tu profites de son âge et de son aveuglement ? Ses parents, je les ai vus. Il a quatorze ans.

Et puis, il y eut quelque chose d'étrange, que la jeune femme se rappela toujours. Elle pleurait. Une larme tomba sur sa jupe d'été, mais elle avait empesé le tissu, et la larme glissa comme une perle, s'immobilisa au bord de ses genoux. Alors la supérieure posa un index sur sa larme et l'écrasa.

Elles parlèrent longtemps. La supérieure disait : « Tu ne comprends pas. » Sœur Clotilde disait : « Vous ne comprenez pas. » La supérieure parlait d'un Dieu indifférent et terrible, d'une jeune fille, presque une enfant, qui s'était allongée un jour, les bras en croix, sur le carrelage d'une chapelle, et elle répéta plusieurs fois : « Tu es l'amante du Christ, pour toute ta vie, pour toute ton éternité. » Sœur Clotilde dit encore de Denis :

— Je ne veux pas lui faire du mal. Vous ne comprenez pas. Je veux rester avec lui. Je veux qu'on nous laisse tranquilles. Le Dieu auquel je crois sait ce que nous sommes, et Lui, Il comprend, Il est d'accord avec nous, je suis sûre qu'Il est d'accord avec nous.

— Tu blasphèmes, dit la supérieure. Tu es folle. Tu dis n'importe quoi. Le diable est en toi. Dieu n'aura pour toi que colère.

Dehors, la nuit était venue.

À un moment, la jeune femme prit la supérieure par les épaules et la secoua, comme elle avait été secouée, criant :

— Je l'aime, vous ne comprenez pas ? Je n'aime que lui, je ne veux pas le quitter !

— Il faudra bien, dit la supérieure. Si ce n'est pas moi qui vous ramène, tu crois qu'il faudra longtemps pour le faire enfermer ? Tu crois qu'il faudra longtemps pour qu'on t'enferme ?

La jeune femme la lâcha, s'écarta. Elle regardait une vieille femme qu'elle essayait en vain de se rappeler, qui lui semblait étrangère comme le reste du monde, avec des yeux horrifiés.

— Il a quatorze ans, dit à nouveau la supérieure. Même pour la loi des hommes, ça porte un nom ce que tu as fait, même les hommes te puniront.

Ce fut comme ça que les choses se passèrent. La supérieure parlait, parlait, répétait les mêmes mots, les mêmes phrases, penchée sur elle, qui s'était jetée le visage contre le lit, qui essayait désespérément de penser à Denis : Denis dans une voiture au fond d'une grange, Denis dans ses bras quand ils s'aimaient, Denis qui avait grandi encore durant cet été, qui s'était mesuré quelques jours avant avec un mètre de couturière, en riant d'un rire orgueilleux, inoubliable, parce qu'il faisait dix centimètres de plus qu'elle. Quatorze ans et deux mois.

— Pour l'enfant qu'il était avant cette folie, disait la supérieure, pour l'enfant que tu as été, le silence, l'oubli sur tout ça. Je te jure que tout restera entre toi, moi et ton confesseur. Je te jure que jamais plus il n'en sera question.

Ce fut exactement comme ça que les choses se passèrent.

Elle avait gardé sa jupe et son corsage. Elle ne pleurait plus. Elle était avec la supérieure devant la maison, elle lui montrait du doigt les points illuminés alentour. Brusquement, la supérieure lui dit :

— Allez lui parler, maintenant.

Sœur Clotilde alla d'abord vers le bois près de la maison, l'appela, mais il n'y était plus. Elle traversa la cour et entra dans la grange. Il était au volant de la Chenard, dans l'obscurité, le dos droit, le visage fermé, il ne tourna pas les yeux pour la regarder. Quand elle fut tout près, elle vit qu'il avait passé par-dessus sa chemise la vareuse que l'officier allemand leur avait donnée. C'était puéril et terrible, comme lui.

— Pourquoi tu as mis ça ?

— Parce que.

— Mais pourquoi ?

— Oh, dis. J'ai déjà répondu.

Elle ouvrit une portière, s'assit à côté de lui, qui ne la regardait pas, qui savait bien, qui savait toujours tout.

Elle lui dit après un silence, sans le toucher :

— Ça t'ennuierait d'aller au village ? Nous n'avons pas assez de pain pour ce soir.

Il fit oui de la tête.

— Nous rentrons, Denis.

Il fit oui de la tête.

— Il faut que tu m'aides, tu sais.

Il fit oui de la tête. Et puis, il tourna les yeux, juste une seconde, et il la regarda. Elle s'attendait à voir du chagrin, et peut-être aussi de la colère, dans ses yeux, et il y en avait, mais pas vraiment, c'était autre chose, quelque chose qui lui fit penser à leur première rencontre, quand elle s'était retournée vers lui, dans une salle d'hôpital vide, et qu'elle l'avait vu, enfin. Si la fatalité n'existait pas, cela ne voulait rien dire du tout.

Il ouvrit sa portière, sortit de la voiture, fit quelques pas pour quitter la grange, puis il s'arrêta, la regarda encore à travers le pare-brise sale, et il revint. Il lui dit, près d'elle, d'une voix douce :

— Ce n'est rien. C'est mieux comme ça.

Elle comprit qu'il faisait son possible pour lui faciliter les choses. Elle resta toujours persuadée qu'il avait dit : « Ce n'est rien, *ma sœur* », mais ce n'était pas vrai. Elle le vit enlever la vareuse allemande, qu'il jeta au fond de la grange, et s'en aller, mains dans les poches, le dos droit, les épaules hautes, long, triste et orgueilleux : Denis.

La boulangère vint dans le magasin et fut surprise en le voyant.

— C'est vous ?

— Oui, dit Denis, je voudrais un pain.

Elle sourit, sans bouger.

— Fini les amours ? La sœur rentre au bercail ?

Denis haussa les épaules.

— Je voudrais un pain, répéta-t-il.

Elle continuait de sourire, d'un sourire figé dans l'ironie et la méchanceté. Elle alla vers les pains et en souleva un. Puis elle revint vers lui.

— Fini, fini, dit-elle.

— Donnez-moi ça.

Il sortit un billet, des tickets de pain, et les tendit. Elle regarda le billet et elle sourit encore plus méchamment.

— C'est à elle cet argent ? C'est elle qui t'entretient ? Pour une putain, c'est pas malin.

— Putain vous-même, dit Denis et il lui arracha le pain.

— Quoi ? dit la femme, qu'est-ce que tu dis ?

— Putain, je dis !

Elle lui barra le passage en criant.

— Putain ! Il m'a appelée putain !

Son mari venait, surpris par le bruit. Il avait les mains blanches de farine et ses larges épaules poilues étaient nues sous un tricot de corps. Il avança, son énorme poitrine en avant. Il semblait très fort et très en colère.

— C'est lui ? dit-il. Il t'a appelée comme ça ?

— Il m'a appelée putain, dit la femme.

Et elle ouvrit la porte, dans la nuit, pour crier sur les escaliers. Des gens arrivaient en courant et entraient dans le magasin. Le boulanger leur parlait en retenant Denis par un bras.

— Il a appelé ma femme putain, dit-il.

— Salaud, dit un vieil homme. Salaud.

Denis essaya de se dégager et le vieil homme lui

donna un coup de canne dans le dos. Le boulanger le gifla. Denis se sentit projeté contre un mur. Ce fut à ce moment que le jeune garçon qui, un peu plus tôt, avait accompagné la supérieure, partit en courant avertir sœur Clotilde. Les autres regardaient la scène et les hommes riaient. Denis se passa une main sur le visage, en faisant un effort pour reprendre ses esprits. Déjà le boulanger revenait vers lui, la main levée.

— Laissez-moi tranquille, dit Denis.

Il regardait tous ces gens autour de lui et brusquement, ce fut comme s'il se retrouvait dans une bataille du collège. Il ôta sa montre-bracelet, la mit dans une poche de son pantalon.

— Tu vas voir, dit l'homme, un instant interloqué. Sûrement que tu t'en souviendras.

Il s'avança encore d'un pas pour frapper, mais Denis n'attendit pas une seconde gifle, il frappa le premier, de toutes ses forces, en visant les yeux. Sur le coup, le gros homme refit un pas en arrière. Déjà le vieux à la canne et d'autres habitants du village agrippaient le garçon.

— Tenez-le, dit le boulanger, tenez-le que je lui montre !

Et il se mit à cogner, au hasard, les mains fermées. Denis trébucha, dégagea un poing qu'il lança dans le vide, et puis voilà.

— Laissez-moi passer, criait-elle, laissez-moi.

Elle était en larmes. Elle avait couru depuis la maison. Elle écartait furieusement les gens qui bouchaient la porte du magasin. Les hommes qui tout à l'heure tenaient Denis avaient reculé, pâles et défaits. Elle recula aussi, le visage défiguré par les larmes et l'horreur, en voyant l'enfant à terre. Il était à genoux contre le mur, une jambe repliée sous lui, et les bras sur le sol. Le sang coulait de ses oreilles, de sa bouche et de son nez. Le sang tachait sa chemise et son pantalon. Il essayait de se mettre debout mais n'y parvenait pas.

— Denis ! Mon petit !

Elle le souleva par les épaules et il se tint contre elle, les bras autour de son cou, tachant son corsage blanc.

— Ce n'est rien, dit-il tout bas, juste assez fort pour qu'elle pût l'entendre.

— Appuie-toi sur moi.

Elle le retint car il s'écroulait à nouveau. Il se remit debout, les traits tirés, les dents serrées. Ses dents étaient rouges et son visage se tordait convulsivement.

— Viens, mon chéri.

Elle l'entraîna au-dehors et une jeune fille lui tendit le pain, ramassé sur les escaliers. Elle ne le prit pas. Elle soutint Denis dans le silence, écœurée par tous ces gens qui s'écartaient.

Ils s'en allèrent tous les deux dans la nuit, lentement, vers la maison, elle le supportant et murmurant des mots qu'elle avait pensé ne plus jamais lui dire.

— Appuie-toi contre moi, mon chéri. Appuie-toi bien fort. Je ne te laisserai pas. Tu verras. Je ne te laisserai pas. Je ne te laisserai jamais, mon amour. Tu as mal ? Très mal ?

Il sanglotait sur son épaule, secouait la tête.

— Ça va aller, dit-elle. Appuie-toi bien fort contre moi. Je ne te laisserai plus.

Dans la chambre, lorsqu'elle eut lavé le visage du garçon et qu'il fut au lit, bordé, plus calme, un pansement au coin de la bouche, elle lui dit :

— Je reviens, ne bouge pas, je reviens tout de suite.

— Je ne pourrai plus t'embrasser, dit Denis.

— Si. Regarde.

Il souriait enfin, un œil enflé, une longue plaie, à l'intérieur de la lèvre. Son nez et ses oreilles avaient cessé de saigner.

— Reviens vite.

— Tout de suite.

— Et la supérieure ?

— Je vais lui parler, dit-elle.

— Tu laisseras pousser tes cheveux ?

— Longs comme ça.

Elle montrait ses genoux. Elle sortit et ferma la porte doucement. La supérieure était en bas, le dos contre une fenêtre. Elle tenait la montre-bracelet de Denis dans ses mains.

— Il va mieux ? demanda-t-elle.

— Très bien. Vous avez faim ?

— Non.

— Alors, je voudrais que vous partiez, dit la jeune femme. Vous trouverez à vous loger au village.

Elle alla vers la cuisine. La supérieure la suivit et posa la montre-bracelet de Denis sur la table.

— Vous n'avez pas changé d'avis ?

— Je n'ai jamais eu d'avis, dit la jeune femme. Pas une seule fois dans toute mon existence. Ce sont les autres qui les ont donnés pour moi. Mais j'ai choisi à présent. C'est moi qui ai choisi. Vous comprenez ? Moi.

La supérieure ne dit pas un mot. Elle sortit de la cuisine et referma la porte. La jeune femme laissa son cœur s'apaiser, prit un verre, but un peu d'eau à l'évier. Ensuite, elle passa ses mains au savon, pour retirer son alliance. L'anneau était à son doigt depuis longtemps, mais elle n'eut aucune difficulté à le retirer.

Ça y est. C'est fini. Maintenant, bien ou mal partie, je suis partie. Nous sommes partis tous les deux. Sans regret, même de ne pas l'avoir fait plus tôt. Il fallait tout cela pour que je comprenne. Maintenant, ça y est, une bonne fois.

Je sais que ce n'est pas très fort comme départ. Mais si je l'avais quitté, lui, c'était un départ pire encore. Des deux, je prends le moins mauvais. Mal partis pour mal partis, nous sommes partis ensemble. Les choses vues sous cet angle, nous sommes plutôt bien partis.

Nous allons garder notre amour. Nous allons laisser passer le temps — cinq, six ans ? — et nous relever. Nous allons relever tout ce gâchis avec notre amour. C'est ça l'essentiel.

Elle voulait être près de lui, le cœur battant à nouveau très fort dans sa poitrine. Quand elle sortit de la cuisine, la supérieure était dans le couloir d'entrée, sa valise à la main.

— Je m'en vais, dit-elle, espérant sans doute qu'on la retiendrait.

— Allez au diable, dit la jeune femme. Laissez-nous tranquilles. Allez au diable si vous voulez.

Elle prit la main libre de la supérieure, l'ouvrit, plaça son anneau d'argent dans la paume et referma les doigts dessus, le tout très vite, sans quitter son regard.

— Vous êtes folle, dit la supérieure.

— C'est une belle folie.

Elle poussa la supérieure vers la porte. La supérieure se dégagea et lâcha sa valise.

— Un instant, ma sœur.

— Je ne suis pas votre sœur, dit Claudie. Est-ce que je suis votre sœur ? Non. Ne dites pas que je suis votre sœur.

— Vous l'avez été, et je vous aime pour cela.

— Je n'ai que faire de votre amour. Allez-vous-en, je vous en prie.

— Laissez-moi vous parler, dit la supérieure.

Elle était pâle. Elles étaient pâles toutes les deux.

— Nous avons déjà beaucoup parlé, dit Claudie.

— Avez-vous seulement pensé à ses parents ? En rentrant, j'irai chez eux pour tout leur avouer. J'aurais dû leur avouer, déjà.

— Avouez ce que vous voudrez, dit Claudie. Qu'est-ce que vous croyez que ça fera, ce que vous direz ? Denis sera obligé de rentrer ? Et après ? La vie est longue, je peux attendre. Dans quelques années, il sera libre et moi aussi, nous nous retrouverons.

— Vous savez bien que les choses ne se passeront

pas ainsi. Dans quelques années, vous serez pour lui un boulet, un remords, une monstrueuse erreur.

— Faut-il vous jeter dehors ? dit Claudie. Dites-moi s'il faut le faire et je le ferai.

— Une monstrueuse erreur, dit la supérieure. Vous pouvez me croire, j'ai écouté sa montre tout à l'heure. Vous savez ? Ça fait tic tac.

Elle reprit sa valise.

— Ma pauvre enfant, dit-elle.

— Je ne suis pas votre enfant, dit Claudie. Je ne suis ni votre sœur ni votre enfant. Je vais seulement vous mettre à la porte.

— Je ferai part de votre décision à l'Évêché. À tant faire que de rompre vos vœux, j'aurais préféré que vous le fassiez plus dignement, mais puisque c'est ainsi, il y a une chose que je vous demande. Pour vos parents, pour les siens, pour vous deux. Je vous en prie, ramenez ce garçon. Vite ! Épargnez-nous au moins de vous voir sur les bancs d'un tribunal.

— Je vais le ramener, dit Claudie.

— Que Dieu vous pardonne.

— Il m'a déjà pardonné, dit Claudie.

— Il a déjà commencé de vous punir, dit la supérieure. C'est Lui qui commande au ciel et aux étoiles. C'est Lui qui a mis en marche le tic-tac.

Elle était debout devant la porte ouverte, les yeux fixes, très pâle, et elle s'en alla courbée sur sa valise, le long du chemin cahoteux et obscur. La jeune femme resta sur la porte à la regarder s'en aller. Elle vit les étoiles qui clignotaient sur les bois. Elle monta en courant dans la chambre, rejoignit Denis sur le lit, l'emprisonna dans ses bras, le serra, le serra contre elle. Elle voulut parler mais il mit une main sur sa bouche et l'arrêta.

— Je sais, dit-il. J'ai entendu. Je te donne seize sur vingt.

Et puis, il la serra très fort lui aussi.

— Tu es mon amant, dit-elle. Elle avait dit que je devais être l'amante du Christ. Mais c'est toi mon amant.

Ensuite, elle se déshabilla et revint se coucher près de lui. Ils étaient seuls. Il n'y avait plus personne d'autre qu'eux, ensemble, avec leur amour bafoué mais vivant.

XXIV

Et maintenant, c'était l'année où Denis entrait en troisième.

Durant les vacances, on n'avait pas repeint les bâtiments ni arrangé les cours. Les volets des fenêtres n'étaient plus si brillants, ni d'un vert aussi vif. Il y avait les mêmes fauteuils dans le parloir, et les mêmes cartes étaient sur les mêmes portes, aux étages où habitaient les surveillants. Dans les classes, il n'y avait ni bancs ni bureaux neufs qui sentaient bon le propre. Les classes sentaient les classes. Mais ça, les élèves ne le remarquaient pas. Tout ce qu'ils remarquaient en rentrant de vacances, c'était leur nouveau surveillant.

Cette année-là, Denis fut placé en seconde division. Il n'avait jamais eu le surveillant de seconde division. On avait donné une grande feuille aux surveillants avec les noms des élèves indiqués par rang et par place dans la salle d'étude. Même, on avait coché d'une croix rouge les noms de ceux qui n'étaient pas les bons élèves, ceux qu'on disait les fortes têtes.

Avant la première étude, comme toutes les années, Denis alla voir la feuille sur la chaire. Il était monté seul. Les autres étaient en récréation. Comme toutes les années, il n'avait rencontré personne dans les escaliers. Comme toutes les années, il vit une croix rouge près de son nom, sur la feuille. Il ne vit pas le nom de Pierrot, et c'est tout ce qui était changé. Il ne pouvait pas voir le nom de Pierrot, puisque Pierrot était mort.

Lorsque Denis était revenu, le premier jour, pour son examen de passage, il y avait un faire-part bordé de noir collé dans le hall. Il avait lu sans y croire qu'« une messe serait dite le jour après celui de la rentrée pour le souvenir de Pierre Canny décédé le 20 septembre 1944 ». Denis avait tremblé, tremblé des pieds à la tête, puis il était reparti tout seul dans la cour avec des larmes dans ses yeux.

Il avait rencontré un élève des petites classes, dans une cour déserte.

— Tu pleures ? avait dit l'élève.

— Pierrot est mort.

— Tu le savais pas ?

— Non, avait dit Denis. Je n'étais pas là cet été.

— C'est vache.

L'élève regardait avec curiosité les larmes qui coulaient sur les joues de Denis.

— C'était ton meilleur copain, Pierrot. Il te gardait tes livres lorsque tu te battais.

— Oui, avait dit Denis. Il me gardait mes livres lorsque je me battais. C'était mon meilleur copain.

Il pensait à Pierrot, à tous ces soirs où il regardait Pierrot s'en aller, tout bouclé, tout blond, sur le trottoir.

— Comment il est mort ? avait demandé Denis.

— Il a sauté sur une mine, avait répondu l'élève. Boum !

— Quoi ?

— Oui, il jouait avec des autres dans un terrain vague, près de la plage. Ils ont tous sauté.

— Oh, non ! dit Denis. Oh, non, non ! C'est pas possible que Pierrot soit mort comme ça !

— Ses parents viennent pour la messe, tu sais ?

— Oui, dit Denis, j'ai vu la feuille, dans le hall.

— C'est vache. Je me souviens qu'il te gardait tes livres lorsque tu te battais.

Et l'élève s'en était allé, laissant Denis tout seul dans la cour, avec le souvenir de Pierrot, qui était son meilleur ami, qu'il avait giflé, autrefois, en classe, et qui riait, qui riait lorsqu'on chahutait avec le père Bellon : le seul souvenir du collège qui devait lui tenir à cœur, plus tard, avec celui de son impatience les soirs d'étude, parce que Pierrot était un garçon bien, un garçon tellement bien.

Voilà. Il n'était plus sur la feuille avec une croix rouge à côté de son nom. Maintenant, il n'y serait jamais plus. Descendant dans la cour, Denis ne pouvait plus crier à personne :

— Tu y es !

Et personne ne répondrait plus :

— Je le savais, j'y suis toutes les années.

La vie, au collège, allait reprendre au même rythme et pourtant tout était changé. On allait recommencer une retraite. Les premiers jours, c'est toujours comme ça. On aurait des livres neufs. Les élèves seraient tranquilles et ne feraient pas de bruit dans les escaliers avec leurs pieds. En classe, tout le monde se battrait pour avoir les places les plus près de la chaire. Pendant la retraite, on ne travaillerait pas trop. Dans la chapelle, lorsque les sermons seraient monotones, on ferait semblant d'écouter et de se tenir à genoux. Mais on penserait encore à la fois où ce gars-là s'était cassé la jambe en faisant du ski sur l'herbe et on s'assoirait au bord de son banc pour se reposer. On allait former la chorale et le préfet choisirait les bonnes voix. Il y aurait des gars qui ne voudraient pas être dans la chorale et qui chanteraient faux en le faisant exprès. Mais le préfet prendrait ceux-là quand même. Un préfet connaît les bonnes voix. Ceux qui seraient de la chorale entreraient en étude après les autres, le soir, et ils prendraient une démarche spéciale pour aller à leur banc. On raconterait aux autres qu'on est le « chouchou » du surveillant. Chacun croirait être le « chouchou » et penserait que les autres ne le sont pas.

Les premiers jours, c'est toujours comme ça.

Denis continuait de marcher dans la cour, avec toutes les choses qui étaient changées. Debaucourt n'était plus au collège. Ramon était parti vivre en Amérique avec ses parents. Jacky Renaud était dans un cours particulier. On l'avait renvoyé. Le préfet était maintenant un homme maigre et antipathique. Garguantua était parti. Le père Bellon s'en était allé aussi quelque part dans un collège d'Afrique du Nord. Tout avait l'air pareil, mais en plus de Denis, des tas de choses ne seraient jamais plus les mêmes.

Le surveillant aussi marchait dans la cour, au milieu des élèves en récréation, et Denis le regarda. Il marchait à pas lents et du bout du pied il frappait les pierres. Il était jeune et pas très grand, avec un visage pâle et fatigué. Il ne levait pas les yeux et se promenait comme tous les surveillants d'un air ennuyé. Denis crut entendre la voix de Pierrot et Pierrot disait :

« Il n'a pas l'air vache... »

Ils n'ont jamais l'air vache, et ils le sont, répétait Denis en lui-même, pour répondre à Pierrot.

Lorsque le surveillant vint près de lui, Denis s'arrêta. Le surveillant leva la tête et Denis leva la tête. Il savait ça depuis si longtemps !

— Vous êtes Leterrand ? dit le surveillant d'une voix douce.

— Oui, dit Denis, c'est moi.

Le surveillant hocha la tête et s'en alla. Denis le regarda s'en aller. Tous les souvenirs revenaient à la fois. Et c'est pour rester fidèle aux souvenirs qu'il ouvrit la bouche pour parler tout seul.

— Et après ? dit Denis, tout bas.

Denis ne resta pas longtemps au collège. Le recteur, mis au courant, ou à peu près, de son aventure, avait accepté de garder Denis quelques jours, jusqu'à la décision de ses parents. Il avait prié les Leterrand de ne pas donner lieu à un scandale et rares furent ceux qui surent en ville, mis à part le recteur, la supérieure et la famille du garçon, ce qui était arrivé durant les mois précédents.

Denis commença sa troisième et attendit, sans angoisse, la décision que l'on prendrait à son sujet. Il n'avait jamais aimé le collège et il ne l'aimait pas plus à présent. Le bâtiment des réfectoires était à nouveau réquisitionné. Des soldats américains s'asseyaient sur le seuil, pour fumer et bavarder, mais en descendant en cour, les élèves ne les regardaient pas, car c'était des barbares bruyants, des gens venus d'un autre monde, et on racontait qu'ils écrasaient les gens avec leurs camions et attaquaient tout ce qui portait jupe. Pour ces histoires, Cossonnier était le plus fort. Il en savait des tas et on les lui faisait répéter chaque jour. Un drapeau flottait au-dessus du portail, comme avant.

Mais, pour Denis, cette année-là, tout était vraiment changé.

XXV

Ce fut dans la semaine après la rentrée que les Leterrand prirent leur décision. Ils ne la prirent pas à la légère. Ils avaient demandé l'avis de toute la famille scandalisée. Ils avaient réfléchi dans la saine morale de leurs habitudes. Ils avaient même et surtout écouté les conseils du recteur du collège. Et un soir, en revenant tous les deux du collège où ils avaient rencontré le recteur, ils parlèrent à Denis et dirent que leur décision était prise.

— Nous t'aimons, dit M. Leterrand les mains sur les bras de son fauteuil. Nous ne voulons que ton bien. C'est pour cela que tu vas être pensionnaire. Tu ne veux pas changer d'avis ? Tu veux revoir cette religieuse défroquée ? Tu es bien entêté ?

— Oui, dit Denis. Bien entêté.

— Dans ce cas, tes valises sont prêtes. Je téléphonerai pour qu'on vienne te chercher. Tu partiras dès samedi.

— Comme vous voudrez, dit Denis, debout contre un mur.

— Tu seras dans une autre ville, sans nous, dit Mme Leterrand, pleurant dans un fauteuil.

— Comme vous voudrez, dit Denis.

— Si tu avais ça de pitié pour ta mère, dit M. Leterrand, tu...

— Il n'a rien, rien ! dit sa femme. Il est fou ! Et c'est elle, c'est cette ordure, cette... cette...

Elle suffoquait dans les sanglots et la rancune. M. Leterrand se leva.

— Ce collège, tu n'en sortiras pas jusqu'après ton bachot.

— Comme vous voudrez, dit Denis.

— Et s'il le faut, pas de vacances.

— Comme vous voudrez, dit Denis. J'ai bien le temps de vivre. J'attendrai tout le temps qu'il faudra. C'est pas une question d'années, à présent, c'est une question de vie.

— Une question de vie ! J'aurai tout entendu !

— Il est fou ! dit Mme Leterrand. Fou !

— Tu partiras dès samedi, répéta M. Leterrand. Nous n'irons même pas t'accompagner à la gare.

— Où est-ce que je vais ? dit Denis.

— Le recteur m'a conseillé un bon collège, à Grenoble. Mais je t'avertis ! Si cette défroquée avait le malheur, tu m'entends, de tenter quoi que ce soit pour te revoir, je porte plainte, et scandale ou pas, je ne m'arrête plus avant qu'on l'ait enfermée !

— Elle ne fera rien, dit Denis.

— Je l'espère pour elle. Je ne la laisserai pas te perdre. Je préférerais mettre le feu à cette maison et qu'on y brûle tous les trois !

— Pas question qu'elle me perde, dit Denis.

— Nous verrons bien. D'être pensionnaire te fera réfléchir.

— C'est tout réfléchi, dit Denis, toujours immobile contre le mur.

— Non, précisément. Quand tu commenceras à réfléchir, peut-être verras-tu l'horreur de tout cela.

— L'horreur de quoi ? dit Denis en s'avançant brusquement. Qu'est-ce que j'ai fait ? Qu'est-ce que nous avons fait ?

— Toi, des bêtises, de vilaines bêtises, dit M. Leterrand, debout devant son fils. Elle, ce qu'elle a fait, ça n'a pas de nom ! Elle est adulte, elle !

Alors, tout à coup, Denis se jeta sur son père et tenta de le frapper. M. Leterrand le prit par les poignets, abasourdi, et le maintint, les larmes aux yeux, tandis qu'il criait en essayant de se dégager :

— Mais dis-le-moi ! Dis-le-moi ! Qu'est-ce que nous avons fait ?

Sa mère l'avait pris à bras-le-corps pour le tenir aussi. Denis sentit la tête de sa mère sanglotant contre son dos, il vit les yeux, emplis de larmes de son père, il se dégagea d'un coup sec, criant toujours :

— Qu'est-ce que nous avons fait ? Nous sommes allés dans une maison, nous étions heureux, nous n'avons rien demandé à personne, et tout ça est abominable ! Vous, vous faites les règles et vous les appliquez ! *Verboten ! Verboten !* Seulement voilà, elles s'en vont par tous les bouts, vos règles ! Elles craquent de tous les côtés ! Elles sont minées ! *Achtung Minen !* L'horreur de quoi, tu dis ?

— Bon Dieu, calme-toi, dit son père, calme-toi !

— Et Pierrot, c'était dans vos règles ? criait Denis. Et Pierrot, tu lui donnes le prix d'Excellence ? Je ne vous crois plus, tu comprends, je ne vous crois plus ! Vous mentez ! Je sais que ce qui nous est arrivé, c'était merveilleux, et bien. Je sais que personne n'a le droit d'être choqué ou de parler d'horreur pour ce que nous avons fait, nous, quand Pierrot saute sur une mine ! Vous mentez ! Vous mentez !

— Tu es fou ! criait son père. Je ne suis pour rien dans tout ça !

Et soudain, la colère de Denis tomba. Il y eut un long silence durant lequel il regardait ses parents, tour à tour, et puis il haussa les épaules et s'en fut vers sa chambre. En passant devant son père, il lui dit :

— J'ai vu des soldats allemands, cet été. Je ne saurais pas t'expliquer, mais pour vos règles, c'est pareil : j'enlève ma veste et mes insignes, je fais ma paix séparée.

— Il est fou, sanglotait Mme Leterrand.

On ne le laissa plus revoir sa maîtresse jusqu'au samedi ni sortir de l'appartement. Elle vint chez lui, le jeudi, suppliante. Enfermé dans sa chambre, il entendit que son père la mettait à la porte. Il écouta son pas dans l'escalier et frappa à grands coups sur les murs.

Elle revint le lendemain et ce fut la même comédie cruelle. Son père lançait des injures et elle suppliait en vain de voir Denis une dernière fois. Lui, il écouta son pas dans l'escalier et il frappa à grands coups sur les murs.

Prieffin vint chez lui l'après-midi de son départ, sachant qu'il quittait le collège et la ville. Denis lui suggéra plusieurs fois d'aller voir sœur Clotilde, disant qu'elle regrettait de ne pas l'avoir rencontré depuis plusieurs mois. Il lui donna son adresse, dans la rue Woudoux, où elle avait repris depuis leur retour le petit appartement de Madeleine.

— Si j'ai le temps, dit Prieffin.

Elle était en train de mettre de l'ordre dans une pièce lorsque Prieffin sonna à la porte. Elle ouvrit, désorientée à la vue de ce garçon qui regardait sa robe et ses cheveux sans comprendre.

Elle le fit entrer, lui donna un fauteuil, parla de l'hôpital, sortit du chocolat d'un tiroir, le lui mit dans les mains, ses mains crispées.

Enfin, il osa lever les yeux vers les siens, puis, les rabaissant aussitôt, demander à voix basse quelque chose qu'elle n'entendit pas mais qu'elle devinait, l'attendant depuis son entrée.

— Non, j'ai quitté le voile, dit-elle.

Pourquoi donc était-il venu ? Elle désirait qu'il s'en aille, qu'il s'en aille vite. Puis, une ombre lui passa sur le cœur. Son adresse. Il ne pouvait savoir son adresse que par Denis.

— Vous avez vu Denis ? dit-elle, restant calme.

— Oui, tout à l'heure. Vous savez qu'il quitte la ville ? Je suis allé lui dire adieu.

Elle dut s'appuyer à un meuble et, pour prendre une contenance, déplacer un vase, un cendrier, qu'elle remit au même endroit.

— Il part ces jours-ci ? demanda-t-elle d'une voix qu'elle voulait indifférente.

— Ce soir, dit Prieffin.

Il se levait déjà, déçu que l'on ne parlât que de Denis. Elle lui dit d'attendre un instant, fit bouillir de l'eau, lui prépara du thé.

— Est-ce que Denis va bien ? demanda-t-elle de la cuisine. Je ne l'ai pas vu depuis longtemps.

— Il va bien, dit Prieffin.

Elle n'y tint plus, revint vers lui avec deux tasses. Elle les posa sur une petite table, le fit approcher.

— Je vous fais du thé, dit-elle. Dommage que Denis ne soit pas là. Dans quel collège va-t-il ?

Elle cessa de le regarder. Elle savait qu'il avait compris.

Il fut cruel sans le savoir. C'eût été si simple de lui dire seulement l'heure du train, sa destination. Il sourit, se mit debout, avec une allure d'homme, l'ironie inconsciente de l'homme, prit tout son temps.

— Pourquoi ne me demandez-vous pas tout de suite l'heure de son départ ?

Mains dans les poches, il scrutait son visage qu'empourpraient l'humiliation et l'agacement.

— Il part à sept heures, dit-il enfin. Mais il fallait me le demander tout de suite, vous ne pensiez qu'à ça. Ce n'est quand même pas à cause de vous qu'on lui fait quitter la ville ?

Il but son thé, bavarda un instant, s'amusant de son

désarroi. Il lui dit que Denis allait dans un collège de Grenoble. Elle ne cessait plus de regarder sa montre. Il s'en alla, une lueur ironique dans les yeux, bêtement fier de lui avoir fait mal.

Lorsqu'il fut parti, elle s'adossa contre la porte, essaya de prier. Elle ne put pas, enfila un imperméable, sortit. Elle marcha lentement, changeant de trottoir, au bout des rues pour revenir en sens inverse, faisant plusieurs fois le même chemin, pensant à leur amour, à leur été perdu, et dès six heures, elle était à la gare, l'esprit tourmenté de mille fièvres, le corps fatigué.

Denis avançait entre les deux prêtres. Ils portaient chacun une de ses valises. Ils ne parlaient pas. Lorsqu'ils tournaient le regard vers lui, ils souriaient aimablement. Ils étaient de taille moyenne et l'un d'eux était assez âgé. Ils portaient des soutanes qui avaient l'air neuves. Ils avaient essayé de lui parler de leur collège, lorsqu'ils étaient venus, mais Denis n'avait pas voulu écouter. Alors, ils ne disaient plus rien.

Ils traversèrent la foule. Le hall de la gare était bruissant de bavardages. Il était six heures et demie à l'horloge.

— Nous avons des places réservées, dit un des prêtres d'une voix douce.

Denis ne répondit pas et les suivit. Il regardait autour de lui, déçu de ne pas la voir dans le monde rassemblé près des guichets. Elle n'était nulle part, et le prêtre qui avait parlé — le plus jeune — le tira avec douceur mais fermeté pour le faire pénétrer sur le quai. L'employé poinçonna les tickets et dit où était le train pour Grenoble. L'employé était gros et triste. Tout était triste dans la gare, et Denis eut mal en songeant à son départ pour Villarguier, quelques mois plus tôt, avec la jeune femme. Il se souvint de leur joie tandis qu'ils attendaient, mains unies, le démarrage du train de leurs plus belles vacances.

Il espéra qu'elle serait sur le quai, regarda une dernière fois derrière lui. Les deux prêtres s'éloignèrent portant les valises, tandis qu'il s'immobilisait devant le poinçonneur. Il la vit alors courant vers lui, au milieu de la foule, son imperméable serré à la taille, le visage éperdu, méconnaissable. Il leva le bras, soulagé. Pour le rejoindre, elle dut écarter des personnes sur son passage.

Elle s'aplatit contre lui, essoufflée et tremblante. La barrière de fer du quai était entre eux. Il sentait ses genoux contre les siens.

— Je n'ai pas pensé à prendre un billet de quai, dit-elle sans reprendre haleine. Je suis idiote. Mais j'avais tellement de chagrin dans la tête — j'y vais, mon chéri — attends surtout.

— Non, non. Reste là. Nous n'avons plus beaucoup de temps. Et j'ai un tas de choses à te dire.

Elle le regarda, inquiète.

— Deux prêtres m'accompagnent, dit Denis. Ils sont allés vers le train, mais ils vont revenir.

— Continue de me parler. Je te dirai lorsque je les verrai. Continue de me parler, mon chéri.

— Ne pleure pas.

— Je ne pleure pas. Ne te fais pas de souci. Je suis forte. Je ne pleure pas, tu vois, je suis forte.

— Tu n'oublieras rien, lorsque je serai là-bas ?

— Oh, Denis.

Elle éclata aussitôt en sanglots, le visage contre son épaule, et lui se mit à trembler. Il devait faire des efforts pour ne pas pleurer avec elle.

— C'est fou ce qu'il peut y avoir de larmes en ce moment.

— Mon chéri, mon Denis chéri, tu sais, je viendrai habiter Grenoble... Je serai près de toi, je te ferai passer des lettres... n'importe quoi.

— Mes parents le sauraient. Il faut que tu fasses attention, ils te feraient du mal, ils sont fous.

— Ne crains rien, je m'arrangerai, tu verras... Tu verras comme nous serons heureux, quand même... Tu verras comme je t'aime, mon amour... Je ferai n'importe quoi, n'importe quoi...

— Ne pleure pas. J'ai froid partout quand tu pleures. Je ne veux pas que tu pleures.

— Je ne pleure plus... C'est fini... Tu vois, je ne pleure plus.

Il l'embrassa sur la bouche et sentit le goût de ses larmes sur ses lèvres. Il l'entoura de ses bras, la serrant, la serrant contre lui au-dessus de la barrière de fer, sentant toute une somme de malheur qui s'abattait d'un coup. Ne plus la voir, rieuse et tendre. Ne plus l'entendre. Ne plus l'embrasser. Ne plus l'aimer. Ne plus, ne plus, ne plus.

— Surtout, dit-il, surtout n'oublie pas, n'oublie

rien. Je te jure, tout ça, c'est sans importance à côté de notre vie qui pourra continuer après.

— Oui. Oui. Oui, mon chéri. Mais tu ne regrettes rien, dis ?

— Tais-toi.

— Si tu avais dit à tes parents que tu te rangeais de leur côté, tu n'aurais pas été là-bas.

— Tais-toi.

— Je ne sais plus, mon chéri.

— Ils ne m'auraient pas cru. Je n'aurais pas pu m'empêcher de te voir, ni toi non plus. Cela revenait au même. Ils m'auraient enfermé de toute façon. Ils sont tous contre nous.

— Ça ne fait rien, mon chéri. Nous attendrons. Dis, nous attendrons ? Tu m'aimeras encore, c'est vrai ?

— Je t'aimerai toujours.

— Alors, je suis forte. Je ne pleure plus et je suis forte. Je penserai toutes les secondes à toi — tout le temps !

Elle se remit à pleurer en le regardant.

Puis elle dressa un visage effrayé vers le train. Ses yeux étaient grands et elle regardait derrière lui en l'entourant de ses bras, comme pour le protéger.

— Ils sont là ? demanda-t-il, sans se retourner.

— Non. Oui. Embrasse-moi, dis, n'oublie pas, toi, n'oublie pas...

Il prit ses lèvres et la serra plus fort contre lui. Il sentit au même moment, simultanément, les mains des deux prêtres sur ses épaules et, sans cesser de l'embrasser, il tenta de se dégager.

Ils le tirèrent fortement en arrière.

— Lâchez-le ! cria-t-elle. Je vous en prie !

Les gens se retournèrent et le poinçonneur, qui les regardait, arrêta la jeune femme quand elle voulut entrer sur le quai.

— Retenez-la, dit un des prêtres à l'employé. C'est une mauvaise femme. Elle perd cet enfant.

— Lâchez-le ! continuait-elle de crier en sanglotant. Mais lâchez-le donc !

Denis se débattait de toutes ses forces et un agent de police accouru l'attrapa par un bras pour le maîtriser à son tour.

— Qu'est-ce que c'est ? dit l'agent.

— Nous devons emmener ce garçon dans un collège. Il tente de s'échapper.

L'agent prêta main-forte aux deux hommes en soutane et ils traînèrent mètre par mètre le garçon, au milieu d'un groupe de gens amusés par la scène. Les gens se parlaient entre eux et donnaient leurs impressions. Ils regardaient la jeune femme puis le garçon et certains, après quelques secondes, parurent inquiets.

Claude essayait d'écarter l'employé qui lui interdisait le passage et il la rejeta très fort contre la barrière.

— Eh, ça va, dit-il, tenez-vous tranquille.

— Ne crains rien ! criait Denis entre les hommes. Ne crains rien, Claudie ! Ils nous auront pas, va !

Elle se laissa aller contre la barrière de fer, les mains serrées sur le métal froid, sanglotant : « Denis, Denis, mon chéri. »

Lorsqu'il eut disparu sur le quai, derrière les wagons, elle laissa tomber son visage sur ses poings et continua de pleurer. Une femme s'approcha et lui mit la main sur l'épaule. Elle se dégagea et se tint droite tandis que la femme s'en allait. Les gens se dispersaient lentement, hochant la tête, et l'employé reprit son poinçonnage.

Elle resta là jusqu'au départ du train.

Lorsque le train s'ébranla, elle attendit qu'il eût disparu complètement. Elle s'épongea les yeux. Elle ne pleurait plus. Elle était forte comme il voulait. Elle avança parmi les regards curieux et sortit dans la rue. Dans la rue, des voitures roulaient, le ciel s'étendait sur les voitures. Elle vit les toits des maisons en contrebas, les nuages sur les toits. La nuit tombait, les bruits s'éteignaient peu à peu. Près du trottoir, une boîte d'allumettes vide courait au fil du ruisseau. Elle se pencha, prit la boîte et l'écrasa dans sa main. Elle rejeta les morceaux dans le ruisseau, releva le col de son imperméable et mit les mains dans ses poches. Un train siffla loin de la gare et elle fit un effort pour ne pas l'entendre.

Ensuite, elle rentra chez elle, en marchant lentement, par les rues.

DU MÊME AUTEUR

Aux Éditions Denoël

COMPARTIMENT TUEURS (*Folio n° 563* et *Folio Policier n° 67*)

PIÈGE POUR CENDRILLON (*Folio n° 216* et *Folio Policier n° 73*)

LA DAME DANS L'AUTO AVEC DES LUNETTES ET UN FUSIL (*Folio n° 1223* et *Folio Policier n° 43*)

L'ÉTÉ MEURTRIER (*Folio n° 1296* et *Folio Policier n° 20*)

LA PASSION DES FEMMES (*Folio n° 1950*)

UN LONG DIMANCHE DE FIANÇAILLES (*Folio n° 2491*)

LES MAL PARTIS (*Folio n° 3536*)

Écrit pour l'écran

ADIEU L'AMI (*Folio n° 1777* et *Folio Policier n° 170*)

LA COURSE DU LIÈVRE À TRAVERS LES CHAMPS (*Folio n° 1781*)

LE PASSAGER DE LA PLUIE (*Folio n° 2606* et *Folio Policier n° 21*)

En un volume aux Éditions Denoël/Robert Laffont

ÉCRIT PAR JEAN-BAPTISTE ROSSI

COLLECTION FOLIO

Dernières parutions

3227. Maupassant *Bel-Ami.*
3228. Molière *Le Tartuffe.*
3229. Molière *Dom Juan.*
3230. Molière *Les Femmes savantes.*
3231. Molière *Les Fourberies de Scapin.*
3232. Molière *Le Médecin malgré lui.*
3233. Molière *Le Bourgeois gentilhomme.*
3234. Molière *L'Avare.*
3235. Homère *Odyssée.*
3236. Racine *Andromaque.*
3237. La Fontaine *Fables choisies.*
3238. Perrault *Contes.*
3239. Daudet *Lettres de mon moulin.*
3240. Mérimée *La Vénus d'Ille.*
3241. Maupassant *Contes de la Bécasse.*
3242. Maupassant *Le Horla.*
3243. Voltaire *Candide ou l'Optimisme.*
3244. Voltaire *Zadig ou la Destinée.*
3245. Flaubert *Trois Contes.*
3246. Rostand *Cyrano de Bergerac.*
3247. Maupassant *La Main gauche.*
3248. Rimbaud *Poésies.*
3249. Beaumarchais *Le Mariage de Figaro.*
3250. Maupassant *Pierre et Jean.*
3251. Maupassant *Une vie.*
3252. Flaubert *Bouvart et Pécuchet.*
3253. Jean-Philippe Arrou-Vignod *L'Homme du cinquième jour.*
3254. Christian Bobin *La femme à venir.*
3255. Michel Braudeau *Pérou.*
3256. Joseph Conrad *Un paria des îles.*
3257. Jerôme Garcin *Pour Jean Prévost.*
3258. Naguib Mahfouz *La quête.*
3259. Ian McEwan *Sous les draps et autres nouvelles.*
3260. Philippe Meyer *Paris la Grande.*
3261. Patrick Mosconi *Le chant de la mort.*
3262. Dominique Noguez *Amour noir.*
3263. Olivier Todd *Albert Camus, une vie.*
3264. Marc Weitzmann *Chaos.*
3265. Anonyme *Aucassin et Nicolette.*

3266. Tchekhov	*La dame au petit chien et autres nouvelles.*
3267. Hector Bianciotti	*Le pas si lent de l'amour.*
3268 Pierre Assouline	*Le dernier des Camondo.*
3269. Raphaël Confiant	*Le meurtre du Samedi-Gloria.*
3270. Joseph Conrad	*La Folie Almayer.*
3271. Catherine Cusset	*Jouir.*
3272. Marie Darrieussecq	*Naissance des fantômes.*
3273. Romain Gary	*Europa.*
3274. Paula Jacques	*Les femmes avec leur amour.*
3275. Iris Murdoch	*Le chevalier vert.*
3276. Rachid O.	*L'enfant ébloui.*
3277. Daniel Pennac	*Messieurs les enfants.*
3278. John Edgar Wideman	*Suis-je le gardien de mon frère ?*
3279. François Weyergans	*Le pitre.*
3280. Pierre Loti	*Le Roman d'un enfant* suivi de *Prime jeunesse.*
3281. Ovide	*Lettres d'amour.*
3282. Anonyme	*La Farce de Maître Pathelin.*
3283. François-Marie Banier	*Sur un air de fête.*
3284. Jemia et J.M.G. Le Clézio	*Gens des nuages.*
3285. Julian Barnes	*Outre-Manche.*
3286. Saul Bellow	*Une affinité véritable.*
3287. Emmanuèle Bernheim	*Vendredi soir.*
3288. Daniel Boulanger	*Le retable Wasserfall.*
3289. Bernard Comment	*L'ombre de mémoire.*
3290. Didier Daeninckx	*Cannibale.*
3291. Orhan Pamuk	*Le château blanc.*
3292. Pascal Quignard	*Vie secrète.*
3293. Dominique Rolin	*La Rénovation.*
3294. Nathalie Sarraute.	*Ouvrez.*
3295. Daniel Zimmermann	*Le dixième cercle.*
3296. Zola	*Rome.*
3297. Maupassant	*Boule de suif.*
3298. Balzac	*Le Colonel Chabert.*
3299. José Maria Eça de Queiroz	*202, Champs-Élysées.*
3300. Molière	*Le Malade Imaginaire.*
3301. Sand	*La Mare au Diable.*
3302. Zola	*La Curée.*
3303. Zola	*L'Assommoir.*

3304.	Zola	*Germinal.*
3305.	Sempé	*Raoul Taburin.*
3306.	Sempé	*Les Musiciens.*
3307.	Maria Judite de Carvalho	*Tous ces gens, Mariana...*
3308.	Christian Bobin	*Autoportrait au radiateur.*
3309.	Philippe Delerm	*Il avait plu tout le dimanche.*
3312.	Pierre Pelot	*Ce soir, les souris sont bleues.*
3313.	Pierre Pelot	*Le nom perdu du soleil.*
3314.	Angelo Rinaldi	*Dernières nouvelles de la nuit.*
3315.	Arundhati Roy	*Le Dieu des Petits Riens.*
3316.	Shan Sa	*Porte de la paix céleste.*
3317.	Jorge Semprun	*Adieu, vive clarté...*
3318.	Philippe Sollers	*Casanova l'admirable.*
3319.	Victor Segalen	*René Leys.*
3320.	Albert Camus	*Le premier homme.*
3321.	Bernard Comment	*Florence, retours.*
3322.	Michel Del Castillo	*De père français.*
3323.	Michel Déon	*Madame Rose.*
3324.	Philipe Djian	*Sainte-Bob.*
3325.	Witold Gombrowicz	*Les envoûtés.*
3326.	Serje Joncour	*Vu.*
3327.	Milan Kundera	*L'identité.*
3328.	Pierre Magnan	*L'aube insolite.*
3329.	Jean-Noël Pancrazi	*Long séjour.*
3330.	Jacques Prévert	*La cinquième saison.*
3331.	Jules Romains	*Le vin blanc de la Villette.*
3332.	Thucydide	*La Guerre du Péloponnèse.*
3333.	Pierre Charras	*Juste avant la nuit.*
3334.	François Debré	*Trente ans avec sursis.*
3335.	Jérôme Garcin	*La chute de cheval.*
3336.	Syvie Germain	*Tobie des marais.*
3337.	Angela Huth	*L'invitation à la vie conjugale.*
3338.	Angela Huth	*Les filles de Hallows Farm.*
3339.	Luc Lang	*Mille six cents ventres.*
3340.	J.M.G. Le Clézio	*La fête chantée.*
3341.	Daniel Rondeau	*Alexandrie.*
3342.	Daniel Rondeau	*Tanger.*
3343.	Mario Vargas Llosa	*Les carnets de Don Rigoberto.*
3344.	Philippe Labro	*Rendez-vous au Colorado.*
3345.	Christine Angot	*Not to be.*
3346.	Christine Angot	*Vu du ciel.*

3347. Pierre Assouline — *La cliente.*
3348. Michel Braudeau — *Naissance d'une passion.*
3349. Paule Constant — *Confidence pour confidence.*
3350. Didier Daeninckx — *Passages d'enfer.*
3351. Jean Giono — *Les récits de la demi-brigade.*
3352. Régis Debray — *Par amour de l'art.*
3353. Endô Shûsaku — *Le fleuve sacré.*
3354. René Frégni — *Où se perdent les hommes.*
3355. Alix de Saint-André — *Archives des anges.*
3356. Lao She — *Quatre générations sous un même toit II.*
3357. Bernard Tirtiaux — *Le puisatier des abîmes.*
3358. Anne Wiazemsky — *Une poignée de gens.*
3359. Marguerite de Navarre — *L'Heptaméron.*
3360. Annie Cohen — *Le marabout de Blida.*
3361. Abdelkader Djemaï — *31, rue de l'Aigle.*
3362. Abdelkader Djemaï — *Un été de cendres.*
3363. J.P. Donleavy — *La dame qui aimait les toilettes propres.*
3364. Lajos Zilahy — *Les Dukay.*
3365. Claudio Magris — *Microcosmes.*
3366. Andreï Makine — *Le crime d'Olga Arbélina.*
3367. Antoine de Saint-Exupéry — *Citadelle (édition abrégée).*
3368. Boris Schreiber — *Hors-les-murs.*
3369. Dominique Sigaud — *Blue Moon.*
3370. Bernard Simonay — *La lumière d'Horus (La première pyramide III).*
3371. Romain Gary — *Ode à l'homme qui fut la France.*
3372. Grimm — *Contes.*
3373. Hugo — *Le Dernier Jour d'un Condamné.*
3374. Kafka — *La Métamorphose.*
3375. Mérimée — *Carmen.*
3376. Molière — *Le Misanthrope.*
3377. Molière — *L'École des femmes.*
3378. Racine — *Britannicus.*
3379. Racine — *Phèdre.*
3380. Stendhal — *Le Rouge et le Noir.*
3381. Madame de Lafayette — *La Princesse de Clèves.*
3382. Stevenson — *Le Maître de Ballantrae.*
3383. Jacques Prévert — *Imaginaires.*
3384. Pierre Péju — *Naissances.*

3385.	André Velter	*Zingaro suite équestre.*
3386.	Hector Bianciotti	*Ce que la nuit raconte au jour.*
3387.	Chrystine Brouillet	*Les neuf vies d'Edward.*
3388.	Louis Calaferte	*Requiem des innocents.*
3389.	Jonathan Coe	*La Maison du sommeil.*
3390.	Camille Laurens	*Les travaux d'Hercule.*
3391.	Naguib Mahfouz	*Akhénaton le renégat.*
3392.	Cees Nooteboom	*L'histoire suivante.*
3393.	Arto Paasilinna	*La cavale du géomètre.*
3394.	Jean-Christophe Rufin	*Sauver Ispahan.*
3395.	Marie de France	*Lais.*
3396.	Chrétien de Troyes	*Yvain ou le Chevalier au Lion.*
3397.	Jules Vallès	*L'Enfant.*
3398.	Marivaux	*L'Île des Esclaves.*
3399.	R.L. Stevenson	*L'Île au trésor.*
3400.	Philippe Carles et Jean-Louis Comolli	*Free jazz, Black power.*
3401.	Frédéric Beigbeder	*Nouvelles sous ecstasy.*
3402.	Mehdi Charef	*La maison d'Alexina.*
3403.	Laurence Cossé	*La femme du premier ministre.*
3404.	Jeanne Cressanges	*Le luthier de Mirecourt.*
3405.	Pierrette Fleutiaux	*L'expédition.*
3406.	Gilles Leroy	*Machines à sous.*
3407.	Pierre Magnan	*Un grison d'Arcadie.*
3408.	Patrick Modiano	*Des inconnues.*
3409.	Cees Nooteboom	*Le chant de l'être et du paraître.*
3410.	Cees Nooteboom	*Mokusei !*
3411.	Jean-Marie Rouart	*Bernis le cardinal des plaisirs.*
3412.	Julie Wolkenstein	*Juliette ou la paresseuse.*
3413.	Geoffrey Chaucer	*Les Contes de Canterbury.*
3414.	Collectif	*La Querelle des Anciens et des Modernes.*
3415.	Marie Nimier	*Sirène.*
3416.	Corneille	*L'Illusion Comique.*
3417.	Laure Adler	*Marguerite Duras.*
3418.	Clélie Aster	*O.D.C.*
3419.	Jacques Bellefroid	*Le réel est un crime parfait, Monsieur Black.*
3420.	Elvire de Brissac	*Au diable.*
3421.	Chantal Delsol	*Quatre.*
3422.	Tristan Egolf	*Le seigneur des porcheries.*

3461.	Joëlle Miquel	*Mal-aimés.*
3462.	Pierre Pelot	*Debout dans le ventre blanc du silence.*
3463.	J.-B. Pontalis	*L'enfant des limbes.*
3464.	Jean-Noël Schifano	*La danse des ardents.*
3465.	Bruno Tessarech	*La machine à écrire.*
3466.	Sophie de Vilmorin	*Aimer encore.*
3467.	Hésiode	*Théogonie* et autres poèmes.
3468.	Jacques Bellefroid	*Les étoiles filantes.*
3469.	Tonino Benacquista	*Tout à l'ego.*
3470.	Philippe Delerm	*Mister Mouse.*
3471.	Gérard Delteil	*Bugs.*
3472.	Benoît Duteurtre	*Drôle de temps.*
3473.	Philippe Le Guillou	*Les sept noms du peintre.*
3474.	Alice Massat	*Le Ministère de l'intérieur.*
3475.	Jean d'Ormesson	*Le rapport Gabriel.*
3476.	Postel & Duchâtel	*Pandore et l'ouvre-boîte.*
3477.	Gilbert Sinoué	*L'enfant de Bruges.*
3478.	Driss Chraïbi	*Vu, lu, entendu.*
3479.	Hitonari Tsuji	*Le Bouddha blanc.*
3480.	Denis Diderot	*Les Deux amis de Bourbonne* (à paraître).
3481.	Daniel Boulanger	*Le miroitier.*
3482.	Nicolas Bréhal	*Le sens de la nuit.*
3483.	Michel del Castillo	*Colette, une certaine France.*
3484.	Michèle Desbordes	*La demande.*
3485.	Joël Egloff	«*Edmond Ganglion & fils*».
3486.	Françoise Giroud	*Portraits sans retouches (1945-1955).*
3487.	Jean-Marie Laclavetine	*Première ligne.*
3488.	Patrick O'Brian	*Pablo Ruiz Picasso.*
3489.	Ludmila Oulitskaïa	*De joyeuses funérailles.*
3490.	Pierre Pelot	*La piste du Dakota.*
3491.	Nathalie Rheims	*L'un pour l'autre.*
3492	Jean-Christophe Rufin	*Asmara et les causes perdues.*
3493.	Anne Radcliffe	*Les Mystères d'Udolphe.*
3494.	Ian McEwan	*Délire d'amour.*
3495.	Joseph Mitchell	*Le secret de Joe Gould.*
3496.	Robert Bober	*Berg et Beck.*
3497.	Michel Braudeau	*Loin des forêts.*
3498.	Michel Braudeau	*Le livre de John.*

Composition CMB Graphic.
Impression Société Nouvelle Firmin-Didot
à Mesnil-sur-l'Estrée, le 1er juin 2001.
Dépôt légal : juin 2001.
Numéro d'imprimeur : 55899.

ISBN 2-07-041688-7/Imprimé en France.

98291